지킬 박사와 하이드씨

지킬 박사와 하이드 씨

로버트 루이스 스티븐슨 **글** ― 김영선 **옮김** ― 이강 **그림**

지킬 박사와 하이드 씨

초판 11쇄 발행 2024년 10월 2일

글쓴이 | 로버트 루이스 스티븐슨
옮긴이 | 김영선
그린이 | 이강
펴낸이 | 김사라
펴낸곳 | 해와나무
출판 등록 | 2004년 2월 14일 제312-2004-000006호
주소 | 서울특별시 영등포구 양산로23길 17 2층
전화 | (02)364-7675(내용), 362-7675(구입) | 팩스 (02)312-7675
ISBN | 978-89-91146-62-4 43840

• 값은 뒤표지에 있습니다.
• 책 내용의 일부 또는 전부를 인용하거나 발췌하려면 반드시 저작권자와 출판사 양측의
  서면 동의를 구해야 합니다.

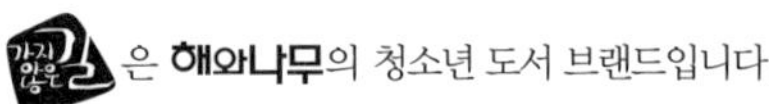

은 해와나무의 청소년 도서 브랜드입니다.

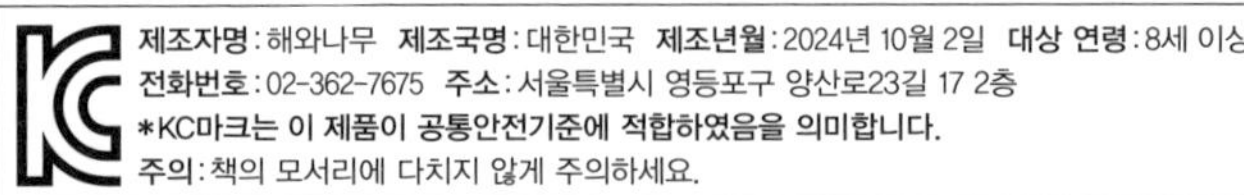

제조자명 : 해와나무 제조국명 : 대한민국 제조년월 : 2024년 10월 2일 대상 연령 : 8세 이상
전화번호 : 02-362-7675 주소 : 서울특별시 영등포구 양산로23길 17 2층
*KC마크는 이 제품이 공통안전기준에 적합하였음을 의미합니다.
주의 : 책의 모서리에 다치지 않게 주의하세요.

Dr. JEKYLL and Mr. HYDE

문 이야기

어터슨 변호사는 결코 환하게 웃는 법이 없는, 무뚝뚝한 인상의 소유자다. 냉정하고 말수가 적은 데다 대화할 때는 어눌하기까지 했다. 또한 감수성이 예민하지도 않았다. 키만 크고 비쩍 마른 데다 심심하고 따분한 사람, 하지만 그는 어딘지 모르게 호감을 주는 사람이었다. 친한 사람들끼리 모였을 때, 또는 입에 맞는 포도주를 마시고 있을 때면 그의 눈동자에서는 매우 인간적인 그 뭔가가 반짝였다. 그가 뱉는 말에서는 결코 찾아볼 수 없는 이런 인간적인 면은 식사를 끝낸 뒤 아무 말 없이 짓는 표정을 통해서나 볼 수 있었으며, 더 빈번하게 그리고 더 선명하게 드러나는 것은 그의 삶에서 보여 준 행동을 통해서였다.

어터슨은 자기 자신에게는 엄격했다. 혼자 있을 때는 고급 포도주를 마시고 싶은 욕구를 억누르고 진을 마셨으며, 연극을 즐기면서도 20년 동안 극장에 발을 들여놓은 적이 없었다. 그러나 다른 사람들에게는 관대하기로 유명했다. 때로는 못된 행동을 저지른 사람들의 정신적 압박감에 거의 시기심에 가까운 호기심을 보이기도 했다. 그리고 극단적인 행동을 한 사람들을 나무라기보다는 도와주기 일쑤였다.

어터슨은 다음과 같은 기묘한 말을 하곤 했다.

"나는 카인의 이단적인 행동에 마음이 끌린단 말이야. 나는 내 동생이 악마에게 가고 싶다고 해도 그냥 내버려두겠어."✝

이런 성격 때문에 그는 내리막길 인생을 사는 사람들이 존경하거나 그들에게 좋은 영향을 미치는 마지막 사람이 되는 일이 잦았다. 그런 사람들이 사무실로 찾아와도 그는 손톱만큼도 태도를 달리하지 않았다.

그런 훌륭한 태도가 어터슨에게는 분명 어려운 일이 아니었을 것이다. 무엇보다도 그는 감정을 잘 드러내지 않았으며, 심지어 친구들과의 관계도 훌륭한 천성에서 비롯된 비슷한 종류의 너그러움을 바탕으로 쌓아 올린 듯하기 때문이다. 교제 범위를 운명이 정한 대로 받아들이는 것은 모름지기 겸손한 사람의 특징이다. 그리고 그것이 바로 어터슨의 방식이었다. 그의 친구들은 친척 아니면 오

✝ 구약 성경 〈창세기〉 4절에 나오는 카인과 아벨을 염두에 둔 말이다. 카인은 아담과 하와의 맏아들로, 자기의 제물이 하나님 야훼에게 받아들여지지 않고 아우 아벨의 제물이 받아들여지자, 이를 시기하여 동생을 돌로 쳐서 죽였다. 하나님이 카인에게 그의 동생이 어디 있는지 묻자, 카인은 이렇데 대답했다. "내가 알지 못하나이다. 내가 내 아우를 지키는 자이니까?"

랫동안 알아 왔던 사람들이었다. 사람들에 대한 그의 애정은 담쟁이덩굴처럼 시간이 지남에 따라 무성해질 뿐만 아니라 대상을 가리지도 않았다.

그가 소문난 한량이자 먼 친척뻘 되는 리처드 엔필드와 끈끈한 관계를 맺은 것도 이런 까닭 때문이리라. 이 두 사람이 서로에게 어떤 매력을 느끼는지, 또는 공통의 화제가 있기는 한지 많은 사람들에게 수수께끼였다. 일요일에 두 사람이 산책하는 모습을 본 사람들의 말에 따르면, 그들은 아무 말도 나누지 않고 몹시 따분해 보였으며, 다른 친구가 나타나기라도 하면 '옳다 잘됐다'는 듯 반가워한다는 것이다. 그럼에도 불구하고 두 사람은 함께 하는 산책을 무척 중요하게 여겼으며 매주 하는 일 가운데 아주 소중한 일과로 생각했다. 방해받지 않고 산책을 즐기려고 다른 놀이 모임이나, 심지어는 사업상의 일조차 제쳐 둘 정도였다.

그들이 우연히 런던 번화가의 한 뒷골목에 가게 된 것도 이런 산책길에서였다. 그 골목은 작고 조용한 편이었지만, 주중에는 물건을 사려는 사람들로 북적대는 곳이었다. 가게마다 장사가 잘되는 것처럼 보였다. 그런데도 상인들은 한 푼이라도 더 벌려고 번 돈의 일부를 손님을 끄는 데 투자하였다. 그래서 그 길을 따라 늘어선 상점들의 진열대는 마치 활짝 웃는 점원 아가씨들이 줄지어 서 있는 것처럼 손님을 초대하는 분위기를 연출했다. 화려한 장식을 내

걸지도 않고 상대적으로 인적이 뜸한 일요일에도 그 거리는 우중
충한 이웃 동네와는 딴판으로 눈에 띄게 휘황찬란했다. 그래서 숲
속 한가운데에 불이라도 난 것 같은 모습이었다. 새로 페인트칠을
한 셔터와 반짝반짝 광을 낸 놋쇠 장식, 그리고 전체적으로 깨끗하
고 활기찬 분위기는 단번에 행인들의 눈길을 사로잡아 볼거리를
제공했다.

그 거리를 따라 동쪽으로 가다 보면 왼쪽 모퉁이에서 막다른 길
이 나왔다. 모퉁이를 돌면 집 두 채가 나오고 두 번째 집 뜰로 들어
가는 문이 길을 가로막고 서 있었다. 그리고 바로 그 지점에 불길
한 느낌을 주는 건물 한 채가 박공지붕을 거리 쪽으로 내밀며 서
있었다.

2층 건물이었는데, 1층은 창문이 없고 문만 달랑 있었으며, 2층
도 창 하나 없는 빛바랜 벽만 있었다. 어느 모로 보나 오랫동안 지
저분하게 방치된 흔적이 역력했다. 초인종은커녕 두드리는 손잡
이도 달려 있지 않은 문은 낡고 색이 변해 있었다. 부랑자들이 우
묵하게 들어간 문 앞에 구부정하게 앉아서는 널빤지에 성냥을 그
어 대고 있었다. 아이들은 계단에 노점을 벌여 놓았고, 학생들은
칼로 나무를 파고 있었다. 하지만 어슬렁거리는 사람들을 쫓아내
거나 파손된 곳을 수리하러 나오는 이는 없었다.

엔필드와 어터슨은 그 집 맞은편에서 걸어오고 있었다. 나란히

걷던 두 사람의 발길이 그 집 입구에 다다랐을 때, 엔필드가 지팡이를 들어 가리키며 말했다.

"저 문을 눈여겨본 적이 있습니까?"

어터슨이 그렇다고 답하자, 엔필드가 이어 말했다.

"저 문과 관련된 아주 이상한 경험을 한 적이 있습니다."

"정말인가?"

목소리가 약간 달라지며 어터슨이 물었다.

"무슨 일이었는데?"

"네, 대충 이렇습니다."

엔필드가 대꾸하고는 말을 이었다.

"저는 아주 먼 곳에 갔다가 집으로 돌아가는 길이었습니다. 한겨울 칠흑같이 어두운 새벽 3시쯤이었는데, 제가 걷고 있는 길에는 말 그대로 램프 불빛 말고는 아무것도 보이지 않았습니다. 저는 길을 따라 걷고 또 걸었습니다. 사람들은 모두 잠들어 있었지요. 가로등이 행진이라도 하는 것처럼 불을 밝히며 늘어서 있는 길은 교회처럼 텅 비어 있었어요. 마침내 저는 무슨 소리라도 들려왔으면, 경찰관이라도 보였으면, 하는 심정이 되었지요.

그때 갑자기 두 개의 형체가 눈에 들어왔습니다. 하나는 동쪽을 향해 빠른 속도로 저벅저벅 걸어가는 몸집이 자그마한 사나이였고, 다른 하나는 최대한 빠르게 교차로를 향해 뛰어가는 여덟 살에

서 열 살쯤 되어 보이는 여자아이였습니다. 그러다 그 둘이 모퉁이에서 맞부딪쳤습니다. 바로 그때 아주 끔찍한 일이 벌어졌습니다. 그 사내가 태연하게 아이의 몸을 짓밟더니, 땅바닥에 쓰러져 비명을 지르고 있는 아이를 그냥 내버려둔 채 가 버리는 게 아니겠습니까.

지금 듣기에는 아무것도 아닌 것 같을지 모르겠지만, 직접 봤을 때는 정말 몸서리쳐지는 광경이었습니다. 정말 사람 같지가 않았어요. 빌어먹을 저거너트[‡] 같았습니다. 저는 '거기 서라' 하고 소리쳤지요. 그리고는 곧바로 뒤쫓아 가서 그 사내의 뒷덜미를 잡아 아까 그 자리로 끌고 왔습니다. 비명을 지른 아이 주위에는 이미 사람들이 여러 명 나와 있더군요. 그 사나이는 조금도 흥분하거나 반항하지 않았습니다. 다만 저를 한 번 흘낏 쳐다보았을 뿐인데, 그 눈길이 어찌나 섬뜩하던지 힘껏 달리기라도 한 뒤처럼 진땀이 나더군요.

모여 있던 사람들은 그 아이의 가족이었습니다. 그리고 얼마 지나지 않아 한 의사가 도착했습니다. 여자아이는 그 의사를 만나고 돌아가던 참이었지요. 그 의사의 말이 아이의 상처는 대단치 않지

✢ 저거너트 : 인도 신화에 나오는 최고의 신인 비슈누의 여러 화신들 가운데 하나이다. 매년 여름 수천 명의 순례자들이 수레에 저거너트와 그의 형제자매들을 싣고 순례를 떠난다. 독실한 신자들 중에는 수레바퀴 아래로 몸을 던져 죽음을 맞기도 했다.

만 잔뜩 겁을 먹은 상태라고 하더군요.

여기서 사건이 끝났다고 생각하시겠죠? 그런데 한 가지 이상한 사실이 있었답니다. 저는 그 사나이를 보자마자 참을 수 없는 혐오감을 느꼈고, 그건 아이의 가족도 마찬가지였습니다. 당연한 일이었지요. 하지만 의외였던 건 바로 그 의사의 경우였습니다. 그는 나이도 피부색도 별 특색이 없는, 전형적인 보통 의사였습니다. 에든버러† 사투리를 심하게 쓰고, 스코틀랜드의 백파이프만큼이나 딱딱해 보이는 사람이었지요. 그런데 글쎄 그 의사도 우리와 마찬가지였지 뭡니까. 의사가 그 사내를 볼 때마다 그를 쳐 죽이고 싶은 욕구로 얼굴이 하얗게 질리는 것을 저는 보았답니다. 저는 의사가 무슨 생각을 하는지 정확히 알 수 있었지요. 의사도 제 머릿속의 생각을 알았을 테고요. 그렇다고 그 사내를 죽일 수야 없는 노릇이니, 우리는 다른 방도를 취하기로 했지요. 우리는 그 사내에게 이 사건에 대한 이야기를 런던 구석구석에 퍼뜨려 그의 이름에 먹칠을 할 수도 있으며, 충분히 그럴 용의가 있다고 말했지요. 그 사람한테도 친구나 명예라는 것이 있다면 그걸 모두 잃게 될 거라고 우리는 장담했습니다. 하지만 잔뜩 열을 받은 채 그를 꾸짖는 와중에도 내내 우리는 여자들이 그 사내 가까이에 못

____

✚ 에든버러 : 영국 북부 스코틀랜드에 있는 주요 도시이자, 예전 스코틀랜드의 수도.

가도록 무진 애를 썼습니다. 여자들이 못된 아낙네들처럼 아주 거칠게 굴었거든요. 그렇게 증오에 찬 얼굴들이 빙 둘러 서 있는 것은 처음 봤습니다.

그 사내는 그 한가운데에 떡하니 서 있었지요. 가증스럽게도 가소롭다는 듯이, 아주 침착한 모습으로 말이에요. 약간 겁을 먹은 듯도 했지만, 그것만 빼면 영락없이 사탄의 모습이었습니다.

그는 이렇게 말했습니다.

"이 사건으로 한몫 챙길 심산이라면 별수 있겠소. 신사라면 추태를 피하고 싶어 하는 법. 자, 원하는 액수를 말해 보시오."

그래서 우리는 아이의 가족을 위해서 자그마치 100파운드를 내놓으라고 윽박질렀지요. 그 사나이는 틀림없이 웬만하면 그 제안을 피하고 싶었겠지요. 하지만 앙심을 품은 그 많은 사람들을 어찌해 볼 도리가 없었던지, 결국 시키는 대로 하겠다고 하더군요.

다음으로 우리가 할 일은 돈을 받는 것이었지요. 그 사내가 저희를 어디로 데려갔는지 아십니까? 바로 저 문이 있는 건물이었습니다. 그는 열쇠를 꽉 꺼내 안으로 들어가더니, 곧 금화 10파운드와 갖고 있는 사람에게 돈을 지불하게 되어 있는 쿠츠 은행 수표를 가지고 돌아왔습니다. 그 수표에는 서명이 되어 있었는데, 그 사람 이름은 밝힐 수가 없습니다. 그 이름이 제 이야기의 핵심 가운데 하나이긴 하지만 말입니다. 아주 유명한 데다 신문에 오르내리기도 하는 이름이라는 점만 말씀드리겠습니다. 숫자를 쓴 글씨체는 굉장히 뻣뻣해 보였는데 그에 비하면 서명은 아주 훌륭하더군요. 그 서명이 진짜라는 가정 아래 하는 말입니다만.

저는 하나에서 열까지 의혹투성이라고 그 사내를 다그쳤습니다. 도대체 누가 새벽 4시에 허름한 문으로 들어가 다른 사람의 서명이 있는 거의 100파운드나 되는 수표를 가지고 나올 수 있냐고 따졌지요. 그러자 그 사내는 상당히 여유 만만한 태도로 코웃음을 치며 이렇게 말했습니다.

"걱정 붙들어 매시오. 은행이 문을 열 때까지 함께 있다가 내 손으로 직접 현금으로 바꿔 줄 테니."

그래서 우리는 모두 제 방으로 가서 함께 밤을 지새웠습니다. 의사, 아이 아버지, 그 사내, 저, 이렇게 말입니다. 날이 밝자 우리는 아침 식사를 하고 다 함께 은행으로 갔습니다. 제가 직접 수표를 내밀면서 틀림없이 위조 수표인 것 같다고 말했지요. 그런데 이게 웬일입니까? 수표는 진짜였습니다."

"쯧쯧."

어터슨은 혀를 찼다.

에필드가 말을 이었다.

"변호사님도 저랑 같은 생각이시군요. 맞습니다. 끔찍한 이야기지요. 그 사내는 누구도 상종치 못할, 진짜 천벌을 받을 인간입니다. 그런데 그 수표에 서명했던 분은 교양이 철철 넘치는 분이었습니다. 게다가 저명하신 분이고. 더욱 나쁜 것은, 그분이 좋은 일이라면 마다하지 않고 하시는, 변호사님의 친구 분들 가운데 한 분이라는 겁니다. 협박을 받은 게 아닌가 싶습니다. 정직한 분이 젊었을 때 저지른 어떤 부주의한 행동 때문에 대가를 톡톡히 치르고 있는 게 아닌지 모르겠습니다. 협박의 소굴. 그래서 저는 저 집을 그렇게 부른답니다. 그렇다고 하더라도 모든 게 설명이 되는 건 아니지만 말입니다."

여기까지 말을 하고 엔필드는 생각에 잠겼다.

하지만 그것도 잠시, 어터슨의 다소 갑작스러운 질문이 이어졌다.

"그럼 수표에 서명한 사람이 저곳에 살고 있는지 아닌지 모르는 건가?"

"저곳에 살 것 같지요, 그렇죠? 하지만 저는 우연히 그분의 주소를 알게 되었습니다. 그분은 어느 고급 주택 단지에 사십니다."

"그렇다면 자네는 저 문이 있는 집에 관해서는 아무것도 묻지 않았단 말인가?"

"네, 변호사님. 그게 좀 미묘한 문제거든요. 물어보고 싶은 마음이야 굴뚝같았지요. 하지만 무슨 최후의 심판 날에나 할 법한 행동 같아서요. 질문을 꺼내는 것은 돌을 굴리기 시작하는 것과 같습니다. 돌을 굴린 사람은 언덕 꼭대기에 편안하게 앉아 있지만, 돌은

굴러가서 다른 사람들을 놀라게 하지요. 죄 없는 사람이 자기 집 뒷마당에서 머리에 돌을 맞아 죽으면 그 가족은 성을 바꿔야 합니다.✛ 변호사님, 저에게는 신조가 하나 있습니다. 미심쩍을수록 캐묻지 않는다는 겁니다.”

“정말 좋은 신조로군.”

“그렇지만 제 나름대로 그 집을 좀 조사해 보긴 했습니다. 그런데 아무래도 사람이 사는 집 같지가 않았습니다. 이 문 말고는 다른 문도 없고, 드나드는 사람도 없었습니다. 다만 아주 이따금씩 앞서 말한 사건에서 만났던 그 사내만이 드나들 뿐이었습니다. 2층에는 안뜰에서 보이는 창문 세 개가 있고 아래층에는 창문이 하나도 없습니다. 창문은 깨끗하긴 한데, 언제나 닫혀 있습니다. 그리고 굴뚝이 하나 있는데, 대개 연기가 나고 있습니다. 그러니 누군가 틀림없이 살고 있긴 한 거죠. 하지만 그것도 확실치 않은 게, 그 안뜰 주변에는 건물들이 너무 따닥따닥 붙어 있어서 어디서부터 어디까지가 한 집인지 경계가 모호하거든요.”

두 사람은 다시 한동안 아무 말 없이 산책을 계속했다. 그러다 어터슨이 입을 열었다.

“엔필드, 자네의 생활신조는 정말 훌륭하군.”

✛ 남편이 죽어 과부가 재가하면 성을 바꾸게 된다는 의미이다.

"네, 저도 그렇게 생각합니다."

"그럼에도 불구하고 한 가지 묻고 싶은 것이 있네. 다름이 아니라, 아이를 짓밟았던 사내의 이름이 뭔지 알고 싶네."

"그거야 뭐 말씀드려서 해가 될 건 없겠지요. 그 사내의 이름은 하이드였습니다."

"흠, 어떻게 생긴 사람이었나?"

"설명하기가 쉽지 않습니다. 그의 인상에는 뭔가 이상한 구석이 있었습니다. 왠지 모르게 기분 나쁘고, 어딘지 모르게 혐오스러운 얼굴이지요. 저는 그렇게 마음에 들지 않는 사람은 생전 처음 보았습니다. 딱히 왜 그런 느낌이 드는지는 모르겠습니다. 기형적인 얼굴이라는 느낌을 강하게 받았는데, 어느 한 군데를 딱 꼬집어 말할 수는 없습니다. 아주 이상한 모습이었지만, 사실 어느 한 군데가 특별히 이상하다고는 말하기 어렵습니다. 정말 그렇습니다. 이거 전혀 도움이 안 되네요. 그를 묘사할 방법이 없으니. 기억력 때문은 아닙니다. 바로 지금도 그의 모습이 생생히 떠오르니까요."

어터슨은 다시 입을 꾹 다문 채 한동안 발걸음을 옮겼다. 뭔가 심각한 생각에 빠져 있는 게 분명했다. 이윽고 그가 입을 뗐다.

"그 사내가 열쇠를 사용했다고 했는데, 그건 틀림없나?"

"선생님……."

엔필드가 깜짝 놀라 말을 꺼내려 하자, 어터슨이 말했다.

"그래, 알고 있네. 내 행동이 이상해 보인다는 거 알아. 사실대로 말하면, 수표에 서명한 사람의 이름을 묻지 않은 건 내가 이미 알고 있기 때문이네. 리처드, 물론 자네 이야기는 핵심을 잘 짚었네. 하지만 어떤 점에서든 부정확한 것이 있다면 바로잡아 주게나."

엔필드는 약간 부루퉁한 말투로 대답했다.

"미리 주의를 주셨으면 좋았겠네요. 하지만 제가 말씀드린 것은 뭐 하나 더하거나 뺄 것 없이 정확합니다. 그 사내는 열쇠를 가지고 있었어요. 심지어 지금도 가지고 있는걸요. 바로 일주일 전에도 그가 열쇠로 문을 여는 걸 봤습니다."

어터슨은 한숨을 깊이 내쉬고는 아무런 말도 하지 않았다. 잠시 뒤, 엔필드가 다시 말을 꺼냈다.

"너무도 빤한 교훈이 또 하나 생각났습니다. 말이 너무 많았던 제 자신이 부끄럽습니다. 앞으로 이 이야기는 두 번 다시 꺼내지 않기로 하면 어떨까요?"

"기꺼이 그렇게 하겠네. 나도 백번 찬성이네, 리처드."

제 2 장

하이드를 찾아서

그날 저녁 어터슨은 우울한 기분으로 혼자 살고 있는 집으로 돌아왔다. 저녁을 먹으려고 식탁에 앉았지만 입맛이 없었다. 일요일이면 어터슨은 으레 저녁 식사를 마친 뒤 벽난로 가까이에 앉아 딱딱한 신학책을 독서대에 올려놓고 읽곤 했다. 그러다가 집 근처 교회의 시계가 자정을 알리는 종을 치면 엄숙하고 감사하는 마음으로 잠자리에 들곤 했다. 그러나 그날 저녁 어터슨은 저녁 식사를 마치자마자 촛불을 들고 사무실로 갔다. 그곳에서 그는 금고를 열어, 가장 깊숙한 곳에 있는 지킬 박사의 유언장이라고 쓰여진 서류를 꺼냈다. 그는 이마를 찌푸리며 유언장의 내용을 꼼꼼히 살펴보았다.

유언장은 지킬 박사의 자필로 쓰어 있었다. 유언장이 작성된 이상 지금은 맡고 있기는 하지만, 어터슨은 그 유언장을 쓰는 데 손톱만큼의 도움도 주기를 거부했던 탓이었다. 그 유언장에는 의학 박사이자 교회법 박사이며 법학 박사이고 동시에 왕립협회 회원인 헨리 지킬이 사망하면 그의 모든 재산을 '친구이자 은인인 에드워드 하이드'에게 상속한다는 내용이 있었다. 하지만 그게 다가 아니었다. 지킬 박사가 '3개월 이상 실종되거나 특별한 이유 없이 나타나지 않으면' 상기의 에드워드 하이드가 상기의 헨리 지킬의 후임이 되어 지킬 박사의 식솔들에게 약간의 돈을 지급하는 것 말고는 어떤 부담이나 의무도 질 필요가 없다는 내용도 담겨 있었다.

그 유언장은 어터슨에게 오랫동안 눈엣가시 같았다. 그것은 변호사 입장으로 보나, 분별 있고 관습에 어긋나지 않는 삶을 좋아하는 사람 입장으로 보나 못마땅한 것이었다. 어터슨 같은 사람에게는 상식에서 벗어나는 일은 곧 천박한 것이었다. 어터슨의 불쾌감이 더욱 커진 것은 지금까지는 하이드라는 사람이 누구인지 알지 못했다는 점 때문이었다. 그런데 이제 갑자기 그를 알게 되니, 불쾌감이 더더욱 커졌다. 이름 말고는 아무것도 모를 때에도 충분히 기분 나빴는데, 이제 혐오스러운 특징까지 드러내고 나타난 마당이니 더더욱 나쁠 수밖에. 오랫동안 시야를 가린 채 이리저리 움직이던 흐릿한 안개가 걷히고 나니, 별안간 악마의 모습이 뚜렷하게 드러난 꼴이었다.

어터슨은 기분 나쁜 서류를 다시 금고에 넣으면서 중얼거렸다.

"처음엔 단순히 미친 짓이라고 생각했지. 하지만 지금은 뭔가 부

당한 낌새가 느껴지는걸."

어터슨은 촛불을 끈 다음, 두꺼운 외투를 걸치고 병원들이 몰려 있는 번디시 주택 단지로 향했다. 그곳에는 환자들로 늘 북적거리는, 그의 친구이자 의사인 저명한 라니언 박사의 집이 있었다.

'라니언이라면 뭔가 알고 있을 거야.'

근엄한 얼굴의 집사가 어터슨을 알아보고 반겼다. 집사는 조금도 꾸물거리지 않고 그를 부엌으로 안내했다. 라니언 박사는 부엌에서 혼자 포도주를 마시고 있었다. 다정다감하고 건강하고 활력 넘치고 혈색이 좋은 신사, 라니언은 그런 사람이었다. 나이에 걸맞지 않게 일찍 하얗게 세어 버린 머리 때문에 충격을 받기도 했지만, 언제나 쾌활함을 잃지 않았으며 결단력이 있는 사람이었다.

어터슨을 보자 그는 의자에서 벌떡 일어나 두 팔을 벌리며 반갑게 맞이했다. 라니언의 특징이기도 한 이런 다정다감함은 다소 극적으로 과장되어 보이기도 했지만 사실 진심에서 우러나온 것이었다. 두 사람은 오랜 친구이며 중고등학교와 대학 동창이기도 했다. 그들은 스스로에 대한 자부심이 대단하면서도 서로에게 존경심을 품고 있었다. 그리고 함께 어울리는 것을 무척 좋아했다.

이런 저런 잡담을 잠시 나눈 뒤, 어터슨은 마음속에 똬리를 틀고 있는 그 달갑지 않은 주제에 관해 이야기를 꺼냈다.

"라니언, 헨리 지킬에게는 자네와 내가 가장 오래된 친구일 성싶은데."

라니언이 낄낄거리며 대꾸했다.

"우리가 좀 오래되긴 했지. 우리가 좀 더 젊으면 좋으련만. 어쨌든 자네 말이 맞지. 왜 무슨 일이라도 있는 건가? 요즈음에는 그를 본 적이 거의 없네만."

"정말인가? 자네 둘은 공통의 이해관계로 묶인 사이인 줄 알았는데."

라니언이 대답했다.

"그것도 다 옛날얘기야. 하지만 헨리 지킬이 너무 허황되다고 여기게 된 지가 십 년도 넘었다네. 지킬은 이상하게 변했어. 머리가 말이야. 물론 옛정이 있으니 그 친구에 대한 관심은 계속 가지고 있지. 아무튼 요즈음에는 악당 같은 그 친구를 만난 적이 거의 없다네."

라니언은 갑자기 얼굴을 붉히면서 이렇게 한마디 덧붙였다.

"그런 비과학적인 허튼소리를 지껄인다면 다몬과 핀티아스✛라도 사이가 벌어지고 말걸."

라니언이 이처럼 다소 흥분하는 것을 보고 어터슨은 안심이 되

✛ **다몬과 핀티아스** : 옛 그리스에서 목숨을 걸고 맹세를 지킨 두 친구로, 일반적으로 둘도 없는 친구 사이를 일컫는다. 다몬은 시실리에서 사형에 처해지게 된 핀티아스가 고향에 가서 남은 일들을 처리하고 올 수 있도록 자신이 대신 볼모로 잡혔다. 핀티아스는 자신의 일이 끝나자 친구를 구하고 죽음을 맞이하기 위해 제시간에 돌아왔다. 이 우정 덕분에 두 사람은 결국 모두 석방되었다.

었다. '과학적인 문제로 약간의 견해차가 있는 모양이군.' 하고 그는 생각했다. 부동산 양도를 제외하면, 학문적인 문제에는 전혀 열정을 못 느끼는 어터슨은 이렇게 말하기까지 했다.

"겨우 그깟 문제 가지고 뭘 그러나."

어터슨은 라니언이 흥분을 가라앉히도록 잠시 내버려두었다. 그런 다음 이곳에 와서 말하려고 했던 질문을 꺼냈다.

"지킬이 몹시 아끼는 하이드라는 사람을 만난 적이 있는가?"

"하이드?"

라니언이 되묻고는 말을 이었다.

"아니, 그런 이름은 들어 본 적이 없는데. 태어나서 한 번도 들어 보지 못한 이름이야."

어터슨이 얻을 수 있는 정보는 그게 다였다. 그는 집으로 돌아가 날이 밝을 때까지 얼마 되지 않는 시간 동안 어두컴컴한 커다란 침대에서 이리저리 뒤척였다. 그날 밤 그는 어둠 속에서 끙끙거리며 갖가지 의문과 씨름하느라 거의 잠을 이룰 수 없었다.

편리하게도 어터슨의 집 근처에 자리한 교회에서 6시를 알리는 종이 울렸다. 하지만 그는 여전히 그 문제와 씨름하고 있었다. 여태까지 그 문제에 논리적인 지성만이 관여했다면, 이제는 그의 상상력도 작동하기 시작했다. 아니, 오히려 상상력의 포로가 되었다고 해야 할 정도였다. 깜깜한 밤에 커튼을 드리운 방에 누워 뒤척이자니 머릿속에서 엔필드의 이야기 하나하나가 생생한 그림으로 펼쳐졌다. 한밤중에 도시를 뒤덮고 있는 가로등의 행렬, 빠르게 걷고 있는 남자의 형체, 의사에게 갔다가 뛰어서 돌아오는 여자아이의 모습이 그려졌다. 그 둘이 맞부딪치고, 인간 저그너트는 아이를 짓밟고는 아이의 비명 소리에도 아랑곳하지 않고 제 갈 길을 간다. 또한 부유한 저택의 침실에서 잠들어 있는 자신의 친구 모습도 그려졌다. 멋진 꿈을 꾸느라 웃으며 잠들어 있는 친구. 갑자기 문이 열리고, 침대를 둘러싼 커튼이 획 움직인다. 잠자던 친구가 눈을 뜬다. 맙소사! 침대 옆에는 그의 지배자가 서 있고, 친구는 그 늦은 시간에도 벌떡 일어나 그의 명령에 따라야 한다.

이런 두 장면에 나오는 그 사내가 밤새도록 어터슨의 머릿속을 떠나지 않았다. 선잠이라도 들라치면, 잠들어 있는 집들 사이로 눈을 피해 미끄러지듯이 가거나 가로등이 밝혀진 미궁 같은 도시를 점점 더 빠르게, 현기증이 날 정도로 점점 더 빠르게 움직이면서 모퉁이를 돌 때마다 아이를 짓밟고는 비명을 지르는 아이를 두고 떠나는 그 사내의 모습이 떠올랐다. 그러나 그 형체는 얼굴이 없었다. 꿈속에서조차 얼굴이 없거나, 얼굴이 흐릿하게 보이다가 바로 눈앞에서 흐물흐물 녹아내려 버렸다. 그래서 어터슨 변호사의 마음속에는 하이드의 실제 모습을 봐야겠다는 호기심이 아주 강하게, 도가 지나치다 싶을 정도로 심하게 일었다.

흔히 세상의 수수께끼 같은 일들도 자세히 살펴보면 풀 수 있듯이, 두 눈으로 직접 그를 볼 수만 있다면 그 사내를 둘러싼 수수께끼의 실마리를 찾을 수 있거나 아니면 아예 완전히 풀 수도 있을 거라고 그는 생각했다. 자기 친구가 그 사내를 신기하게도 아주 좋아하거나 아니면 그에게 속박되어 있는 이유, 유언장에 있는 놀랄 만한 문장들이 쓰여진 이유를 알 수 있게 될 것 같았다. 어쨌든 동정심이라고는 눈곱만큼도 없는 얼굴인 데다, 감수성이 예민하다고 할 수 없는 엔필드의 마음속에 떨쳐 버릴 수 없는 혐오감을 불러일으킨 얼굴이라면, 적어도 한 번쯤은 그 낯짝을 볼 필요는 있었다.

그때부터 어터슨은 가게들이 늘어선 뒷골목에 있는 그 집 문 앞을 어슬렁거리기 시작했다. 근무 시간이 시작되기 전인 아침에도, 일이 많아 시간이 빠듯한 정오 무렵에도, 안개 자욱한 도시에 달빛이 모습을 드러내는 밤에도, 어두우나 밝으나, 혼자 있거나 사람이 북적거리거나, 어터슨 변호사는 그곳에 있었다.

어터슨은 생각했다.

'그가 미스터 하이드(Mr. Hyde)라면, 나는 미스터 시크(Mr. Seek)가 되겠다.'‡

마침내 그의 인내가 결실을 보았다. 맑고 건조한 어느 날 밤이었다. 공기는 몹시 차가웠고, 거리는 무도회장의 마룻바닥처럼 깨끗했다. 바람 한 점 불지 않았기 때문에 가로등은 일정한 간격으로 빛과 그림자를 드리우고 있었다. 가게들이 문을 닫는 10시 무렵이 되자 뒷골목에는 인적이 끊겼다. 사방에서 들려오는 런던의 낮은 소음과는 상관없이 매우 조용하여 조그만 소리도 멀리 퍼졌다. 길 양쪽에 늘어선 집들에서 새어 나오는 소리가 또렷하게 들렸다. 지나가는 사람이라도 있으면 모습이 보이기 훨씬 전부터 다가오는 소리가 먼저 들려왔다. 어터슨이 그곳에 있은 지 채 몇 분이 안 되어 이상한 발걸음 소리가 다가오는 게 들렸다. 밤마다 망을 보게 되면서 어터슨은 웅성거리고 덜거덕거리는 도시의 소음 가운데에서도 아주 멀리 떨어져 있는 사람의 발자국 소리가 갑자기 또렷하게 들리는 이상한 효과에 꽤나 익숙해져 있었다. 하지만 이때처럼 날카롭고 분명하게 발자국 소리에 끌린 적은 없었다. 미신이라고밖에 생각할 수 없는 강렬한 성공의 예감을 느끼면서, 어터슨은 안뜰 입구에 몸을 숨겼다.

발소리는 빠른 속도로 가까워 오고 있었는데, 길모퉁이를 돌았는지 갑자기 소리가 확 커졌다. 안뜰 입구에서 앞을 내다보던 어터슨의 눈에 이제 자신이 상대해야 할 사람의 생김새가 들어왔다. 그는 조그만 몸집에 평범한 옷차림새였으며, 인상은 먼 거리에서 봐

✤ Hyde는 '숨다'라는 뜻의 hide와 발음이 같다. seek는 '찾다'라는 뜻이다.

도 어터슨이 기대했던 것과는 아주 딴판이었다. 그는 시간을 아끼려고 길을 가로질러 곧바로 문 쪽으로 가면서 집으로 돌아가는 사람이 으레 그렇듯이 주머니에서 열쇠를 꺼냈다.

어터슨은 숨어 있던 곳에서 나와 지나가는 그의 어깨를 툭 쳤다.

"하이드 씨, 맞지요?"

하이드는 놀란 듯 숨을 훅 들이쉬며 몸을 움츠렸다. 하지만 놀라움은 금세 사라졌다. 어터슨의 얼굴을 바라보지는 않았지만, 그는 아주 차갑게 대꾸했다.

"맞습니다만. 무슨 일이지요?"

"당신이 오는 것을 봤습니다. 저는 지킬 박사의 오랜 친구인 어터슨이라고 합니다. 가운트 거리에 살고 있지요. 제 이름은 들어 보셨을 겁니다. 마침 이렇게 우연히 만나게 되었으니 잠깐 집 안으로 들어가도 될까요?"

"지킬 박사는 없습니다. 그분은 집에 없어요."

하이드가 열쇠에 입김을 훅 불며 대답했다. 그러고는 느닷없이, 하지만 여전히 얼굴은 들지 않은 채 물었다.

"제가 하이드라는 걸 어떻게 알았지요?"

그러자 어터슨이 말했다.

"먼저, 제 부탁 하나만 들어주시겠습니까?"

"얼마든지요. 뭡니까?"

"당신 얼굴을 좀 볼 수 있을까요?"

하이드는 망설이는 것 같았다. 그러더니 갑자기 뭔가 작심을 한 양, 대들 듯이 얼굴을 정면으로 돌렸다. 몇 초 동안 두 사람은 서로의 얼굴을 빤히 응시했다.

어터슨이 말했다.

"이제 다시 만나도 알아볼 수 있겠군요. 잘됐습니다."

"그래요. 이렇게 만나 뵙게 되어 반갑습니다. 아 참, 제 주소도 알려 드리지요."

그렇게 대꾸하면서 하이드는 어터슨에게 소호에 있는 어느 거리의 주소를 주었다. 어터슨은 '이런! 설마 이 사람도 유언장에 대해 생각하고 있는 것은 아니겠지?' 하고 생각했다. 하지만 어터슨은 그런 감정을 드러내지 않은 채 주소를 알려 준 것에 대해 고맙다는 인사만 했다.

하이드가 물었다.

"그건 그렇고 도대체 나를 어떻게 알아본 겁니까?"

"다른 사람한테 얘기를 들었습니다."

"누가 얘기를 하던가요?"

"우리가 둘 다 아는 친구들이 있지 않습니까."

"둘 다 아는 친구들이요?"

하이드가 약간 목이 잠긴 듯한 소리로 뇌까렸다.

"그게 도대체 누구란 말입니까?"

"예를 들면 지킬 박사도 있지 않습니까?"

"지킬 박사가 그런 말을 했을 리가 없어요."

하이드는 화가 나 얼굴이 벌겋게 달아오른 채 소리치고는 말을 이었다.

"당신이 거짓말을 할 줄은 몰랐군요."

"이봐요. 말이면 다인 줄 아십니까?"

어터슨이 대꾸했다.

하이드는 뭐라 뭐라 무섭게 호통을 치더니 무례하게 비웃듯 미소를 지었다. 다음 순간 그는 아주 민첩한 동작으로 문을 열고 집 안으로 사라져 버렸다.

하이드가 떠난 뒤에도 어터슨은 한참 동안 서 있었다. 뭔가 불안해 보이는 모습이었다. 거리를 따라 발걸음을 옮긴 후에도, 그는 정신적인 충격을 받은 사람처럼 손으로 이마를 짚고서 한두 걸음 뗄 때마다 멈칫거리며 걸었다. 그는 거의 풀릴 가능성이 없는 종류의 문제와 씨름하며 걷고 있었다.

하이드는 창백한 얼굴에 난쟁이 같은 모습이었다. 딱 꼬집어 어디가 문제라고 말할 수는 없는데도 불구하고 기형이라는 인상을 주었다. 웃는 얼굴조차 불쾌한 느낌이었다. 그는 소심함과 대담함이 기묘하게 뒤섞인 태도로 어터슨을 대했다. 목소리는 쉬었고, 속삭이듯 나직하면서도 다소 툭툭 끊어지곤 했다. 어느 것 하나 어터슨의 마음에 드는 게 없었다. 하지만 그것만으로는 하이드를 바라보았을 때 어터슨이 느꼈던 까닭 모를 불쾌감과 혐오감과 두려움을 다 설명할 수는 없었다.

혼란스러워진 어터슨은 이렇게 중얼거렸다.

"뭔가 다른 이유가 있는 게 틀림없어. 뭐라 딱 꼬집어 말하긴 어렵지만 뭔가가 있어. 아, 세상에나, 그는 사람 같지가 않아. 말하자면 동굴에 사는 야만인 같다고나 할까? 아니면 펠 박사에 관해 전해 내려오는 이야기 같다고나 할까?✛ 아니면 단순히 사악한 영혼이 그 영혼을 담은 진흙 그릇 밖으로 새어 나와 변형된 느낌이라고나 할까? 아, 불쌍한 내 친구 헨리 지킬. 만약 누군가의 얼굴에서 사탄의 표식을 읽을 수 있다면, 그 사람은 바로 자네의 새 친구라네."

모퉁이를 돌아 그 뒷골목을 빠져나오면, 한때는 멋진 저택이었

✛ **펠 박사 이야기** : 펠 박사(1625~1686)는 옥스퍼드에 있는 한 교회 학교의 교장이었다. 잘못을 저질러 학교에서 쫓겨나게 된 토마스 브라운(Thomas Brown)이라는 학생이 있었는데, 펠 박사는 그에게 라틴어로 된 마샬(Martial)의 경구를 잘 번역하면 퇴학을 면하게 해 주겠다고 했다. 브라운은 마샬의 경구 가운데 하나를 다음과 같이 각색해서 번역했다고 한다.

나는 당신을 사랑하지 않아요, 펠 박사님.
이유는 말로 설명할 수 없어요.
그렇지만 내가 분명하게 알고 있는 것은,
당신을 사랑하지 않는다는 거예요, 펠 박사님.

던 아주 오래된 집들이 줄지어 있는 구역이 있었다. 그 집들 대부분이 예전의 화려함을 잃고 허름해져서 이제는 지도 조판공, 건축가, 떳떳하지 못한 변호사, 그리고 정체 모를 사업의 중개상 등 온갖 종류의 사람들이 사는 공동 주택과 사무실이 되어 있었다. 그러나 모퉁이에서 두 번째에 있는 집만은 여전히 한 개인이 소유하고 있었다. 부채꼴의 채광창을 제외하곤 어둠에 잠겨 있지만 굉장히 부유하고 안락해 보이는 그 집 대문 앞에서 어터슨은 발길을 멈추고 문을 두드렸다. 잘 차려입은 나이가 지긋한 하인이 문을 열었다.

어터슨이 그 하인에게 물었다.

"지킬 박사는 집에 계신가, 풀?"

"계신지 확인해 보겠습니다, 어터슨 변호사님."

풀은 어터슨을 커다랗고 천장이 낮은 안락한 홀로 맞아들였다. 홀은 바닥에 돌을 깔았고, 귀족들의 시골 저택에서 유행하듯이 벽난로에 불을 지피고 있어서 따뜻했으며, 떡갈나무로 만든 값비싼 캐비닛들이 늘어서 있었다.

"난롯가에서 조금만 기다려 주시겠습니까? 아니면 식당에 불을 켜 드릴까요?"

"여기서 기다리겠네. 고맙네."

어터슨은 벽난로 쪽으로 다가가 높은 벽난로 선반에 몸을 기댔다. 지금 어터슨 혼자 남아 있는 이 홀은 그의 친구인 지킬 박사가 굉장히 좋아하는 곳이었다. 어터슨 자신도 이 방을 런던에서 가장 안락한 방이라고 칭찬하곤 했었다. 그러나 오늘 밤 어터슨에게는 뼛속까지 한기가 들었다. 하이드의 얼굴이 그의 머릿속에 무겁게 자리 잡고 있었다. 어터슨은 토할 것 같았고, 이런 경우는 거의 없었음에도 불구하고 삶에 염증이 느껴지기까지 했다. 우울한 기분에 빠져서인지 윤이 나는 캐비닛에 비쳐 날름거리는 불꽃과 천장에 일렁거리는 그림자가 마치 협박이라도 하고 있는 것처럼 보였다. 이윽고 풀이 돌아와 지킬 박사가 외출했다고 전했을 때, 어터슨은 스스로 생각해도 부끄럽게 안도하는 마음이 들었다.

어터슨이 말했다.

"옛날에 해부실로 쓰던 방으로 하이드 씨가 들어가는 것을 보았네, 풀. 그래도 괜찮은 건가? 지킬 박사도 집에 없는데."

하인이 대답했다.

"괜찮습니다, 어터슨 변호사님. 하이드 씨는 열쇠를 가지고 있거든요."

"자네 주인은 그 젊은이를 굉장히 믿는 모양이구먼, 풀."

어터슨이 뭔가 생각에 잠긴 듯한 표정을 지으며 말했다.

"네, 정말 그렇습니다. 저희 모두 그분의 말씀을 따르라는 분부를 받았습니다."

"난 하이드 씨를 만난 적이 한 번도 없는 것 같은데?"

"아, 네, 그러실 겁니다. 하이드 씨는 여기서 저녁 식사를 하는 일이 없거든요. 사실 집 안 이 근처에서는 하이드 씨를 볼 일이 별로 없습니다. 그분은 주로 연구실만 들락거리시거든요."

"알겠네. 잘 있게, 풀."

"안녕히 가십시오, 어터슨 변호사님."

어터슨은 무거운 마음을 안고 집으로 향했다.

'불쌍한 헨리 지킬. 그가 깊은 수렁에 빠져 있는 것은 아닌지 걱정되는군. 그 친구가 젊었을 때 좀 거칠게 놀긴 했지. 아주 오래전 일이긴 하지만 말이야. 그러나 하느님의 법에는 출소 기한[+]이라는 게 없을 테니. 아, 틀림없이 그런 것일 게야. 예전에 저지른 죄의 유령, 감추고 있던 불명예스러운 행동이 악성 종양이 된, 뭐 그런 것일 게야. 오랜 세월이 흘러 기억조차 희미해졌고 자기애가 이미 그 죄를 다 덮어 버렸는데 이제 그 죄에 대한 처벌이 시작된 것이겠지.'

어터슨은 그런 생각을 하다 문득 두려워져서 한참 동안 자기 자신의 과거를 곰곰이 돌아보았다. 오래전에 저지른 죄가 뚜껑을 열면 튀어나오는 인형처럼 불쑥 튀어나오지 않을까 싶어서 구석구석

✢ 출소 기한 : 어떤 권리가 침해된 경우에 구제 받기 위하여 법원에 소송을 제기할 수 있는 법정 기간. 이 기간이 지나면 소송을 제기할 수 없다.

기억을 더듬어 보았다. 그의 과거는 꽤 깨끗한 편이었다. 그만큼 과거의 행적을 편안하게 돌아볼 수 있는 사람도 몇 없을 것이다. 그럼에도 어터슨은 자신이 저지른 좋지 않은 많은 일들에 대해 수치심을 느꼈다. 그리고 수많은 나쁜 행동을 저지를 뻔했던 순간에 가까스로 피해 갈 수 있었던 것에 대해 진실되고 두려움에 찬 감사의 기도를 올렸다. 그런 다음 다시 지킬의 문제로 돌아와서 희망의 불꽃을 품었다.

'그래, 이 하이드라는 작자도 조사해 보면 어딘가 구린 구석이 있을 거야. 인상을 보아하니, 아주 시커먼 비밀을 가지고 있을 것 같던걸. 그 작자의 비밀에 비하면, 지킬이 저지른 가장 나쁜 짓조차도 햇빛과 같은 것일 게야. 이렇게 가만 놔둘 순 없어. 그 못된 녀석이 헨리의 머리맡에서 도둑처럼 몰래 걸어다니고 있을 거라는 건 생각만 해도 소름이 끼쳐. 불쌍한 헨리, 얼마나 놀랐을까! 게다가 아주 위험한 상황이야. 하이드가 유언장의 존재를 알게 되면 당장 상속을 받고 싶어 몸이 근질근질하겠지. 이거 정신 바짝 차려야겠는걸. 지킬이 나에게 맡겨만 준다면……'

어터슨은 다시 한번 마음속으로 되뇌었다.

'지킬이 나에게 맡겨만 준다면……'

그의 마음속 투명한 눈 위에 유언장의 이상한 구절이 다시 한번 뚜렷하게 떠올랐다.

제 3 장

느긋한
지킬 박사

그로부터 2주 뒤에, 정말 다행스럽게도 지킬 박사가 옛 친구 대여섯 명을 유쾌한 저녁 식사에 초대했다. 하나같이 지적이고 저명한 인사들이었으며 와인 맛을 아는 사람들이었다. 어터슨은 다른 사람들이 모두 떠난 뒤에도 일부러 남았다. 예전에도 흔히 있어 왔던 일이었으니, 새삼스러운 일은 아니었다. 일단 어터슨을 좋아하게 되면 사람들은 그를 무척이나 좋아했다. 쾌활하고 입이 가벼운 사람들이 문을 열고 집을 나서면 집주인들은 이 무뚝뚝한 변호사를 붙들어 두고 싶어 했다. 한껏 유쾌하고 명랑한 시간을 보낸 뒤, 한동안 주제넘게 나서지 않는 이 친구와 함께 앉아 고적함을 즐기면서 그의 넉넉한 침묵 속에서 자신들의 마음을 진정시키는 것을 좋아했던 것이다.

지킬 박사도 예외는 아니었다. 어터슨과 벽난로를 사이에 두고 앉아 있는 풍채가 좋고 균형 잡힌 몸매에 매끄러운 얼굴의 50대 남자, 약간 교활한 듯한 느낌이 없진 않지만 어느 모로 보나 능력과 친절함이 배어 나오는 지킬 박사의 표정을 보면 그가 얼마나 진실하고 따뜻한 애정으로 어터슨을 소중하게 여기는지 느껴졌다.

어터슨이 말을 꺼냈다.

"자네와 이야기를 나누고 싶었다네, 지킬. 그 유언장 생각나지?"

주의 깊은 관찰자라면 지킬 박사가 그 주제를 못마땅하게 여긴다는 것을 대번에 알아차렸을 것이다. 그러나 박사는 그런 기색을 지우며 애써 유쾌한 표정을 지었다.

"오 이런, 어터슨, 나 같은 의뢰인을 만나다니 딱하기도 하지. 자네가 내 유언장을 보았을 때만큼 곤혹스러워하던 표정은 어디서도 본 적이 없다네. 내 연구를 과학적인 이단이라 부르는 그 편협한 탁상공론가 라니언을 빼고 말이야. 아, 나도 라니언이 좋은 친구라는 것은 알아. 그러니 얼굴 찡그릴 필요 없네. 훌륭한 친구지. 나도 항상 그 친구를 더 잘 알려고 노력한다네. 하지만 그래 봤자 그는 편협한 탁상공론가일 뿐이야. 무식하고 시끄러운 탁상공론가. 내가 만난 사람들 가운데 가장 실망스러운 사람이지."

"자네도 알다시피, 난 그것을 못마땅해했네."

새로운 화제를 가차 없이 무시하면서 어터슨이 추궁했다.

지킬 박사는 조금 날카로운 말투로 대꾸했다.

"내 유언장 말인가? 아, 물론 나도 알고 있지. 자네가 그렇게 말하지 않았었나."

"다시 한번 말하겠네. 하이드라는 젊은이에 대해서 알게 된 것이 있어서 그래."

지킬 박사의 잘생긴 커다란 얼굴이 입술까지 창백하게 변했고 눈에는 어두운 빛이 드리워졌다.

"더 이상 듣고 싶지 않네. 그 문제에 대해서는 더 이상 왈가왈부하지 않기로 하지 않았나."

"하도 험한 소문을 들어서 그래."

"그래 봐야 변할 건 없네. 내 처지를 이해하지 못하는군."

어딘지 아귀가 맞지 않는 태도로 지킬 박사가 대꾸했다.

"어터슨, 나는 아주 고통스러운 상황에 처해 있네. 아주 기묘한 처지에 놓여 있지. 정말 기묘한 처지야. 말로 해결될 수 있는 성질의 문제가 아니라네."

"지킬, 자네는 날 잘 알지 않나. 날 믿어도 되네. 날 믿고 죄다 털어놓게나. 틀림없이 내가 자네를 구할 수 있을 것이네."

"어터슨 이 친구야, 이렇게 신경을 써 주다니 참 착하기도 하지. 자네는 정말로 좋은 사람이야. 뭐라고 감사해야 할지 모르겠어. 나는 자네를 완전히 믿어. 난 이 세상 누구보다도 자네를 신뢰한다네. 선택할 수 있다면 나 자신보다 자네를 택할 정도야. 하지만 사실 이건 자네가 생각하는 것과는 다른 일이야. 그렇게 나쁜 일이 아니라고. 자네가 안심할 수 있도록 한 가지 알려 주겠네. 나는 마음만 먹으면 언제든 하이드를 떨쳐 버릴 수 있다네. 맹세할 수 있어. 다시 한번 자네한테 감사하네. 그리고 한마디만 덧붙이자면, 어터슨 자네가 선의로 해석하리라 확신하네만, 이건 사적인 문제야. 이 문제를 이대로 묻어 두면 안 되겠나?”

어터슨은 난롯불을 바라보며 잠시 생각에 잠겼다. 이윽고 자리에서 일어나며 그가 말했다.

“자네 말이 전적으로 옳다는 것을 의심치 않겠네.”

지킬 박사가 말했다.

“기왕에 이 문제가 나왔으니 마지막으로 자네가 이해해 줬으면 하는 게 한 가지 있네. 나는 그 불쌍한 하이드에게 지대한 관심을 갖고 있다네. 자네가 그를 만났다는 것도 알고 있네. 그에게 얘기를 들었지. 그가 자네한테 무례하게 굴지나 않았는지 걱정이 되기도 해. 어쨌든 나는 그 젊은이에게 커다란, 아주 커다란 관심을 갖고 있다네. 어터슨, 내가 죽으면 그를 도와 그의 권리를 지켜 주겠다고 약속해 주게. 자네가 모든 사정을 알게 된다면 분명 그렇게 할 거야. 자네가 약속해 준다면 내 마음이 한결 가벼워질 것 같네.”

“결코 하이드를 좋아하는 척할 수는 없을 것 같네만.”

어터슨이 그렇게 대답하자, 지킬 박사는 어터슨의 팔을 잡고는

간청했다.

"좋아해 달라고 부탁하는 게 아니야. 다만 정당한 권리만 지켜 주면 되네. 내가 더 이상 이곳에 없게 되었을 때, 나를 위해서라도 하이드를 도와 달라고 부탁하는 걸세."

어터슨은 어쩔 수 없다는 듯이 한숨을 내쉬었다.

"알았네. 약속하지."

제 4 장

커루
살인 사건

거의 일 년이 지난 뒤인 18○○년 10월, 런던은 유례없이 잔인한 범죄에 경악했다. 그 범죄가 더욱 주목을 끈 이유는 희생자의 높은 지위 때문이었다. 사건의 내용은 간단했지만 놀랄 만한 것이었다.

템스강에서 멀지 않은 집에 혼자 살고 있던 하녀가 잠자리에 들려고 2층으로 간 것은 밤 11시였다. 한밤중부터 새벽녘까지는 시내에 안개가 자욱했지만 그 전에는 구름 한 점 없이 맑았고, 하녀의 집에서 내려다보이는 좁은 골목길은 보름달 덕분에 대낮처럼 환했다. 창가에 있는 상자 위에 앉아 몽상에 잠겼던 것을 보면, 그 하녀는 꽤나 낭만적인 심성의 소유자였던 것 같다. 세상 모든 사람들이 그렇게 평화로워 보이고 세상이 그렇게 달콤하게 느껴진 적은 한 번도 없었다고, 이 사건에 대해 이야기할 때마다 그녀는 눈물을 하염없이 흘리며 말하곤 했다.

그렇게 앉아 있던 하녀의 눈에 백발의 멋진 노신사가 골목길을 따라 그녀의 집 쪽으로 다가오는 것이 보였다. 그리고 그 신사 쪽으로 몸집이 아주 작은 또 다른 신사가 걸어오고 있었다. 하녀는 처음에 두 번째 신사에게는 별로 주의를 기울이지 않았다. 두 사람이 말을 건넬 수 있을 만큼 가까워지자(마침 그곳이 바로 하녀의 눈길 아래였다), 노신사가 다른 신사에게 고개를 숙여 인사를 하고는 아주 정중한 태도로 말을 걸었다. 아주 중요한 말을 하는 것처럼 보이지는 않았다. 손가락으로 어딘가를 가리키는 것으로 보아서 그저 길을 묻고 있는 것 같기도 했다. 노신사가 말을 하는 동안 아름다운 달빛이 그의 얼굴을 비추었고, 하녀는 그것을 즐거운 마음으로 바라보았다. 노신사의 얼굴에는 순수함과 연륜에서 우러나오는 자상함이 배어 있었으며, 그러면서도 소신이 뚜렷하고 자신감이 넘치는 사람들에게서 풍기는 어떤 고매함이 어려 있었다.

잠시 뒤 상대편 신사에게 눈길을 돌린 하녀는 그가 주인집을 방문한 적이 있는 하이드라는 사람인 걸 알아차리고는 깜짝 놀랐다. 그때 봤을 때 하녀는 하이드에게서 나쁜 인상을 받았다. 하이드는 손에 든 묵직해 보이는 지팡이를 계속 만지작거리고 있었다. 하지만 대답은 한마디도 하지 않았다. 조바심을 겨우 억누르며 듣고 있는 듯 보였다.

그런데 하이드가 느닷없이, 하녀의 표현을 빌리자면 미치광이

처럼 발까지 구르며 몹시 화를 내더니 지팡이를 휘둘렀다는 것이다. 노신사는 약간 상처를 입고 무척 놀란 듯 한 발짝 뒤로 물러났다. 그러자 하이드는 완전히 이성을 잃고 지팡이를 마구 휘둘러 노신사를 땅바닥에 쓰러뜨렸다. 다음 순간, 하이드는 야수와 같은 분노를 터뜨리며 노신사를 발로 짓밟고는 빗발치듯 지팡이를 휘둘렀다. 우두둑 뼈가 부러지는 소리가 들리고 신사는 길바닥에 나뒹굴었다. 이 무시무시한 광경에 하녀는 그만 정신을 잃고 말았다.

하녀가 정신을 차려 경찰을 부른 것은 새벽 2시 무렵이었다. 살인범은 이미 오래전에 사라지고 없었지만, 희생자는 차마 눈 뜨고 볼 수 없을 만큼 만신창이가 되어 길 한복판에 쓰러져 있었다. 범행에 쓰인 지팡이는 단단하고 무거우며 아주 희귀한 나무로 만든 것이었지만, 얼마나 무자비하고 잔혹하게 휘둘러 댔던지 두 동강이나 있었다. 그 가운데 한 토막은 근처 도랑까지 굴러갔다. 나머지 토막은 틀림없이 살인범이 가져갔을 것이다. 피해자의 몸에서는 지갑과 금시계가 발견되었다. 그 외에 명함이나 별다른 서류는 없었고 우표를 붙이고 겉봉을 봉한 편지 한 통이 나왔다. 아마도 피해자는 그 편지를 들고 우체통으로 가던 길이었던 것 같았다. 그 편지에는 어터슨의 이름과 주소가 쓰여 있었다.

그날 새벽, 잠자리에서 일어나기도 전에 어터슨은 그 편지를 전해 받았다. 그 편지를 보고 사건 정황을 듣자마자 어터슨은 심각한 표정으로 무거운 입을 열었다.

"시체를 보기 전에는 아무 말도 하지 않겠소. 심상치 않은 일인 듯하오. 옷을 입는 동안 잠시 기다려 주시면 고맙겠소."

그는 근심스러운 표정으로 서둘러 아침을 먹고, 피해자의 시체가 옮겨져 있는 경찰서로 마차를 몰았다. 시체를 보자마자 그는 고개를 끄덕였다.

"네. 내가 아는 사람입니다. 유감스럽지만 댄버스 커루 경이시군요."

"하느님 맙소사. 정말입니까?"

경찰관이 소리쳤다. 그러나 다음 순간 굵직한 사건을 맡게 되었다는 생각에 그의 눈이 반짝였다.

"세상이 한바탕 떠들썩해지겠군요. 범인을 잡도록 꼭 좀 도와주십시오."

경찰관은 하녀가 목격한 것을 간략하게 정리해서 말해 주고는 부러진 지팡이를 보여 주었다. 어터슨은 하이드의 이름을 듣고 움찔했다. 눈앞에 있는 지팡이를 보니 더 이상 의심의 여지가 없었다. 부러지고 여러 군데 흠집이 있긴 했지만, 그 지팡이가 어터슨 자신이 몇 년 전에 헨리 지킬에게 선물했던 것임을 단박에 알아보았기 때문이다.

"하이드라는 사람, 체구가 작지요?"

어터슨이 묻자 경찰관이 대답했다.

"하녀의 말에 따르면, 눈에 띄게 작고 흉악한 인상이라고 하더군요."

어터슨은 잠시 생각에 잠긴 다음 고개를 들며 말했다.

"내 마차를 타고 함께 갑시다. 하이드의 집으로 안내하겠소."

이때가 아침 9시 무렵이었다. 거리에는 가을의 첫 안개가 끼어 있었다. 초콜릿빛의 짙은 장막이 하늘 위로 낮게 드리워져 있었지만, 쉬지 않고 불어오는 바람이 사방을 에워싼 안개를 몰아내고 물리치고 있었다. 그 덕분에 어터슨은 천천히 달리는 마차를 타고 가면서 여러 빛깔과 명암을 띤 아침의 멋진 어스름을 볼 수 있었다. 어떤 곳은 늦저녁처럼 어둑한가 하면, 어떤 곳은 큰불이라도 난 것처럼 활활 타오르는 듯한 진한 붉은빛이 비쳤다. 또 어떤 곳에서는 한순간 안개가 쫙 갈라지면서, 소용돌이치는 안개 틈새로 창백한 햇살이 잠깐 비추기도 했다.

이렇게 시시각각 변하는 어슴푸레한 빛 아래로 음산한 소호 구역이 보였다. 질퍽질퍽한 길들, 단정하지 못한 차림새의 보행자들, 꺼지지도 않고 그렇다고 불현듯 다시 찾아온 어둠을 물리칠 만큼 환하게 타오르지도 않는 가로등. 이 모든 것들이 변호사의 눈에는 악몽에 나오는 도시의 어느 한구석 같았다. 게다가 그의 마음속은 한없이 우울한 빛의 생각으로 가득 차 있었다. 옆자리에 있는 경찰관을 보며 그는 때때로 가장 결백한 사람조차도 문득 느끼게 되는 법과 법의 집행자인 경찰에 대한 두려움을 느꼈다.

마차가 목적지 가까이에 다다르자 안개가 조금 걷히면서 지저분한 뒷골목과 술집, 싸구려 프랑스 식당, 값싼 잡동사니와 2페니짜리 샐러드를 파는 가게, 문 앞마다 떼 지어 모여 있는 누더기 차림의 아이들, 그리고 한 손에 열쇠를 든 채 아침 일찍 가게를 열기 위해 나온 다양한 국적의 수많은 여자들이 어터슨의 눈에 들어왔다. 다음 순간, 다시 암갈색의 안개가 그곳을 뒤덮어 지저분한 주변 풍경을 가려 주었다. 이곳이 바로 헨리 지킬이 총애하는 젊은이, 25만 파운드의 유산 상속자가 될 남자가 사는 곳이었다.

상아색 얼굴에 은백색의 머리를 한 늙은 하녀가 문을 열었다. 그녀는 짐짓 착한 표정을 짓고 있었지만 성마른 얼굴이었다. 하지만 그녀의 태도는 아주 예의 발랐다. 그녀는 이곳이 하이드 씨의 집이 맞긴 하지만, 그는 집에 없다고 말했다. 전날 밤 아주 늦게 들어왔다가 한 시간도 안 되어 다시 나갔다고 했다. 그러면서 새삼스러울 것도 없는 일이라고 했다. 하이드 씨의 생활은 매우 불규칙하고 집에 안 들어오는 날도 많다는 것이었다. 어제만 해도 거의 두 달 만에 보는 것이라고 했다.

"좋소. 그렇다면 그의 방을 좀 보고 싶소만."

어터슨은 하녀가 절대로 안 된다고 말하려는 순간 이렇게 덧붙였다.

"여기 옆에 계시는 분이 누군지 밝히는 편이 낫겠군. 이분은 런던 경찰청의 뉴코멘 경위요."

그러자 순간 하녀의 얼굴에는 얄미울 만큼 즐거워하는 기색이 스쳤다.

"아, 주인 나리께서 사고를 치셨군요. 무슨 일이죠?"

어터슨과 경위는 서로 눈짓을 주고받았다.

경위가 말했다.

"그 사람은 인심을 얻지 못한 것 같구려. 자, 나와 이 신사분이 집 안을 좀 둘러보도록 해 주시오."

하녀마저 없다면 텅 빈 것이나 다름없을 그 집에서 하이드는 두 개의 방만을 사용했다. 그렇지만 그 두 방은 호화로운 고급 취향의 가구로 꾸며져 있었다. 찬장에는 와인이 가득했고, 접시는 은으로 만든 것이었으며, 식탁보는 우아했다. 멋진 그림 하나가 벽에 걸려 있었는데, 어터슨은 안목 높은 수집가인 헨리 지킬이 준 선물일 것이라고 짐작했다. 카펫은 실을 여러 겹으로 꼬아서 만든 두터운 것이었고 색깔도 적당했다.

그러나 지금 당장은 두 방 모두 바로 얼마 전에 구석구석 황급하게 뒤진 흔적이 역력했다. 바닥에는 주머니가 뒤집힌 채 옷들이 나뒹굴고 있었고 자물쇠가 달린 서랍들은 모두 열려 있었다. 그리고 벽난로에는 많은 양의 종이를 태웠던 듯 잿더미가 수북하게 쌓여 있었다. 경위는 잿더미에서 타다 만 초록색 수표책을 꺼냈다. 부러진 지팡이 한쪽은 문 뒤에서 발견되었다. 이것이야말로 하이드의 혐의를 확실히 입증하는 증거였으므로 경위는 몹시 기뻐했다. 은행에 들러 살인범의 계좌에 수천 파운드의 돈이 예치되어 있다는 사실을 확인해 본 뒤, 경위는 더욱 흐뭇해졌다.

경위가 어터슨에게 말했다.

"문제없습니다, 변호사님. 그자는 다 잡은 거나 다름없습니다. 그자는 바보가 틀림없습니다. 그렇지 않고서야 지팡이를 남겨 두고 수표책을 태워 버렸을 리가 없지요. 돈은 그에게 생명 줄이나 다름없을 텐데요. 이제 우리는 은행에서 그자를 기다리고 수배 전단을 뿌리기만 하면 됩니다."

그러나 수배 전단을 만들기란 생각처럼 쉽지 않았다. 일단 하이드를 아는 사람이 그렇게 많지 않았다. 심지어 하이드의 하녀도 그를 본 것은 딱 두 번뿐이었다. 하이드의 가족은 한 명도 찾을 수 없었다. 그는 사진을 찍은 적도 없었다. 그의 얼굴을 기억하는 몇몇 사람들은, 목격자들이 흔히 그렇듯이, 저마다 다른 소리를 했다. 그들은 딱 한 가지 점에서만 의견이 일치했는데, 도망친 살인범의 얼굴에서 기형적으로 생겼다는 느낌, 뭐라 딱 잘라 말하기 어려운 그 느낌을 받았다는 점이었다.

Dr. JEKYLL and Mr. HYDE

제 5 장

편지 사건

어터슨이 지킬 박사의 집으로 향한 것은 늦은 오후였다. 풀은 어터슨을 반갑게 맞이하고는 부엌방을 지나 예전에는 정원이었던 안뜰을 가로질러 연구실이라고 부르기도 하고 해부실이라고 부르기도 하는 건물로 그를 안내했다. 지킬 박사는 한 유명한 외과 의사의 상속자에게서 이 집을 샀다. 그러나 지킬 박사의 관심사는 해부학보다는 화학 쪽에 있었기 때문에 그에 맞춰 정원 안쪽에 있는 이 건물의 용도를 바꾸었던 것이다.

어터슨이 지킬의 집에서 이쪽 구역에 발을 들여놓은 것은 그날이 처음이었다. 어터슨은 호기심 어린 눈길로 창문 하나 없는 그 낡은 건물을 훑어보았다. 한때는 열성적인 학생들로 가득 찼을 테지만 지금은 쓸쓸하고 고요하기만 한 강당, 화학 실험 기구가 잔뜩 놓여 있는 탁자들, 나무 상자들과 새끼줄이 어지러이 널려 있는 마룻바닥, 그리고 안개가 자욱하게 끼어 어슴푸레한 빛이 들어오는 둥

근 천창 등을 둘러보며 어터슨은 뭔가 안 좋은 느낌, 뭔가 낯선 느낌을 받았다.

강당 한구석에는 두꺼운 붉은색 모직물을 덧입힌 문으로 이어지는 계단이 있었다. 이 계단을 오르자 마침내 지킬 박사의 연구실이 나왔다. 연구실은 넓었다. 유리를 끼운 서랍장이 빙 둘러 있었고, 그 밖에 사무용 책상과 전신 거울 같은 가구들이 있었다. 안뜰을 내려다볼 수 있는 창문이 세 개 있었는데, 모두 쇠창살이 있었고 먼지가 잔뜩 끼어 있었다. 쇠살대가 있는 벽난로에는 불을 지펴 놓았고, 집 안까지 안개가 자욱하게 낀 탓에 벽난로 선반에는 램프를 밝혀 놓고 있었다.

벽난로 가까이에 지킬 박사가 앉아 있었다. 뭔가 큰 병을 앓고 있는 사람 같은 모습이었다. 지킬 박사는 자리에서 일어나 맞이하지는 않았지만, 그래도 차가운 손을 내밀어 평소와는 사뭇 다른 목소리로 친구를 반겼다.

풀이 방을 나가자 어터슨이 서둘러 말을 꺼냈다.

"자네, 그 소식은 들었겠지?"

지킬 박사는 부르르 몸을 떨었다.

"동네 사람들이 큰 소리로 떠드는 게 우리 집 부엌까지 들리더군."

"한 가지 말해 둘 게 있네. 커루 경은 나의 고객이었네. 하지만 자네도 나의 고객이기는 마찬가지네. 그래서 지금 내가 무엇을 하고 있는지 분명하게 알고 싶네. 자네, 그 녀석을 숨겨 줄 정도로 정신이 나가진 않았겠지?"

지킬 박사는 큰 소리로 대꾸했다.

"어터슨, 하늘에 대고 맹세하네. 두 번 다시 하이드를 보지 않을 거라고 하늘에 대고 맹세하겠네. 내 명예를 걸고 말하건대, 이제 이 세상에서 그와의 관계는 완전히 끝났네. 완전히 끝이야, 끝. 그리고 사실 그도 내 도움을 원하지 않는다네. 내가 자네보다는 그를 더 잘 알지 않나. 이제 그는 안전해. 정말 안전하다고. 내 분명히 장담하건대, 앞으로 그에 대한 이야기가 우리 귀에 들리는 일은 없을 걸세."

어터슨은 지킬 박사의 말을 무거운 마음으로 듣고 있었다. 지킬 박사가 지나치게 열을 내며 말하는 태도가 왠지 마음에 걸렸기 때문이다.

"그 사내에 관해 무척 자신 있는 모양이군. 자네를 위해서라도 자네 말이 맞기를 바라네. 재판이 열리면 자네 이름이 언급될지도 모를 일이니 말이야."

"그에 대해서는 내가 아주 잘 안다네. 다른 사람에게 설명할 수는 없지만, 나한테는 그렇게 믿을 만한 확실한 근거가 있다네. 그나저나 자네한테 조언을 구하고 싶은 게 한 가지 있네. 내가 편지를 한 통 받았네. 그런데 그 편지를 경찰에게 보여 주어야 할지 말아야 할지, 어찌할 바를 모르겠어. 어터슨, 자네한테 이 편지를 맡겨 두고 싶네. 자네라면 틀림없이 현명한 판단을 내릴 수 있을 거라고 믿네. 난 자네를 철석같이 믿어.”

어터슨이 물었다.

“그 편지 때문에 그가 잡히게 될까 봐 걱정하는 건가?”

“아닐세, 절대 아니야. 하이드야 어찌 되든 난 상관없다네. 그와는 이제 완전히 끝났다니까. 내가 염려하는 것은 이 추잡한 일 때문에 내 명예가 더럽혀지지 않을까 하는 것일세.”

어터슨은 잠시 생각에 잠겼다. 그는 친구의 이기심에 조금 놀라긴 했지만 한편으로는 다행이라는 생각이 들었다. 이윽고 어터슨이 입을 열었다.

“일단 그 편지를 한번 보세.”

위로 뻗친 이상한 글씨체로 쓰인 그 편지에는 ‘에드워드 하이드’라는 서명이 있었다. 내용은 아주 간단했다. 자신에게는 확실하게 도망칠 방법이 있으니, 오랫동안 헤아릴 수 없는 은혜를 베풀어 준 은인인 지킬 박사가 자신의 안전에 대해 아무런 걱정을 할 필요가 없다는 것이었다.

어터슨은 이 편지가 아주 마음에 들었다. 생각했던 것보다 두 사람의 관계가 그렇게 가까워 보이지 않았기 때문이다. 어터슨은 의심을 품었던 자신을 탓했다.

"봉투도 있는가?"

어터슨이 묻자 지킬이 대답했다.

"봉투는 태워 버렸다네. 편지 내용을 보기도 전에 별생각 없이
태워 버렸어. 그렇지만 우체국 소인은 찍혀 있지 않았네. 사람이 직
접 배달을 한 거지."

"내가 이 편지를 가져가서 하룻밤 가지고 있어도 될까?"

"모든 걸 자네 판단에 맡기겠네. 이젠 나 자신을 믿지 못하겠어."

"그래, 내가 생각해 보겠네. 한 가지 더, 자네 유언장에 그 실종에
관한 내용을 넣게 한 것도 하이드였나?"

순간 지킬 박사는 현기증을 느끼는 듯했다. 그는 입을 꾹 다물더
니 고개를 끄덕였다.

어터슨이 말했다.

"그럴 줄 알았네. 하이드는 자네를 죽일 작정이었던 거야. 자네
는 운 좋게도 그걸 피한 거지."

"그뿐만이 아니네. 난 교훈을 얻었네. 아 하느님, 정말 큰 교훈을
얻었어, 어터슨."

지킬 박사는 심각하게 말하고는 잠시 얼굴을 두 손에 파묻었다.

지킬 박사의 집을 나서다가, 어터슨은 풀과 한두 마디 얘기를 나
누었다.

"오늘 편지를 갖고 온 사람이 있었다는데, 그 사람이 어떻게 생겼던가?"

그러나 풀은 우편으로 온 것 말고 다른 편지는 전혀 없었다고 하면서 이렇게 덧붙였다.

"그것도 죄다 쓸데없는 광고 편지들뿐이었습니다."

풀의 말에 다시 불안감이 엄습해 오는 것을 느끼며 어터슨은 지킬 박사의 집을 나섰다. 편지는 분명 연구실 문으로 직접 전해졌거나, 어쩌면 사실 연구실 안에서 쓰여졌는지도 모를 일이었다. 만약 그렇다면 조금 다른 각도에서 생각해 보고 더욱 주의해서 다루어야 할 것이다. 어터슨이 걸어가는데, 길거리에서 신문팔이 소년들이 목이 터져라 외치는 소리가 들렸다.

"호외요, 호외! 충격적인 하원 의원 살인 사건이요!"

그것은 누군가의 의뢰인, 누군가의 친구의 장례식을 알리는 소리였다. 어터슨은 자신의 친구의 명예로운 이름이 추문의 소용돌이에 휩쓸리게 되지나 않을까 하는 걱정을 떨칠 수가 없었다. 아무튼 신중하게 결정을 내려야 할 일이었다. 어터슨은 남한테 기대지 않고 혼자 일을 처리해 나가는 편이었지만, 이번만큼은 누군가의 조언을 얻고 싶었다. 물론 직접적으로 그렇게 할 수는 없는 노릇이었다. 그러나 넌지시 조언을 얻어 낼 수는 있지 않을까 하는 생각이 들었다.

잠시 뒤 사무실로 돌아온 어터슨은 벽난로를 사이에 두고 그의 수석 조수 게스트와 함께 마주 앉았다. 두 사람 사이에는 난롯불과 적당한 거리를 두고 포도주 한 병이 놓여 있었다. 어터슨의 집 지하실에서 오랫동안 햇빛에 노출시키지 않고 숙성시킨 특별한 포도주였다. 안개는 습기 가득한 도시 위에서 날개를 편 채 잠들어 있었고, 가로등은 석류석처럼 희미하게 빛나고 있었다. 낮게 내려앉은 안개의 장막을 뚫고 도시의 삶의 행렬은 세찬 바람 같은 소리를 내며 도로를 누비고 있었다. 그러나 방 안은 난롯불 덕분에 아늑한 분위기였다. 포도주의 신맛은 오래전에 녹아 없어졌고, 보랏빛 색깔은 시간이 흐르면서 은은한 색유리처럼 부드럽게 변해 있었다. 산 허리에 있는 포도원들에 내리쬐는 따스한 가을날 오후의 햇살이 곧 사방으로 퍼져 런던의 안개를 쫓아낼 태세였다.

자신도 모르게 어터슨은 긴장이 스르르 풀렸다. 게스트는 어터슨이 누구보다도 믿고 비밀을 털어놓을 수 있는 사람이었다. 의도하지도 않았는데 자기도 모르는 사이에 게스트에게 비밀을 털어놓은 경우도 있었다. 게스트는 가끔 볼일을 보러 지킬 박사의 집에도 드나들었고, 집사인 풀과도 안면이 있었다.

어터슨은 생각했다.

'하이드가 그 집을 드나든다는 사실을 게스트가 모를 리 없어. 이 사람이 좋은 결론을 찾아낼 수도 있을 법한데. 그렇다면 수수께끼를 해결할 이 편지를 그에게 보여 주는 게 좋지 않을까? 무엇보다도 게스트는 필적 감정에 조예가 있는 사람이니 편지를 보여 주는 걸 자연스럽고 당연하게 여길 게야. 게다가 변호사 일을 하는 사람 아닌가. 이 이상한 편지를 읽게 되면 십중팔구 의견을 말할 테고, 그 의견을 듣고 앞으로 내가 어떻게 할지 정할 수도 있을 거야.'

어터슨이 입을 열었다.

"댄버스 커루 경 사건은 정말 안됐어."

"네, 그러게 말입니다. 사람들의 관심이 대단합니다. 범인은 미친놈이 분명합니다."

"자네 의견을 듣고 싶은 일이 있네. 나한테 범인이 직접 쓴 편지가 있어. 우리끼리니까 하는 말인데, 나도 어떻게 해야 할지 모르겠어. 아무리 봐도 정말 골치 아픈 사건이야. 자, 여기 있네. 살인범이 직접 쓴 글이야. 자네 전공 분야지."

게스트의 눈이 반짝였다. 그는 바로 그 자리에서 편지를 유심히 살펴보았다.

"변호사님, 아닙니다. 미친 사람이 아니에요. 하지만 글씨체가 정말 특이하군요."

"편지를 쓴 사람 자체가 아주 특이한 사람이야."

바로 그때 하인이 편지 한 통을 가지고 들어왔다.

게스트가 물었다.

"지킬 박사님이 보내신 건가요? 제가 아는 글씨체인데요. 사적인 내용입니까, 변호사님?"

"그냥 저녁 식사 초대장일세. 왜 그러나? 이 편지를 보고 싶은가?"

"잠깐만 보면 좋겠네요."

게스트는 두 통의 편지를 나란히 놓고 글씨체를 꼼꼼하게 비교했다.

이윽고 편지 두 통을 모두 어터슨에게 돌려주며 그가 말했다.

"잘 봤습니다. 아주 흥미로운 글씨체이군요."

잠시 침묵이 흘렀다. 그사이 어터슨은 혼자 고민에 빠져 있었다. 그가 느닷없이 물었다.

"게스트, 왜 두 편지를 비교했나?"

"글쎄요. 기묘하게도 서로 닮은 점이 있습니다. 이 두 글씨체는 여러 가지 면에서 동일합니다. 다만 글씨가 기울어진 각도만 약간 차이가 나는군요."

"그것참 희한한 일일세."

"변호사님 말씀대로, 참 희한한 일입니다."

"잘 알겠지만, 나는 이 편지에 대해서 입도 뻥긋하지 않겠네."

"그럼요, 변호사님. 무슨 말씀인지 알겠습니다."

그날 밤, 어터슨은 홀로 남게 되자마자 그 편지를 금고에 집어넣었다. 그리고 그 이후 한 번도 다시는 꺼내지 않았다.

"맙소사! 헨리 지킬이 살인범을 위해 위조 편지를 쓰다니!"

어터슨은 온몸의 피가 차갑게 얼어붙는 것 같았다.

Dr. JEKYLL and Mr. HYDE

제6장

라니언 박사에게
일어난
놀라운 사건

시간이 흘렀다. 사회적 공분을 불러일으킨 댄버스 커루 경의 살인 사건에는 수천 파운드의 현상금이 내걸렸지만, 하이드는 처음부터 아예 존재하지 않았던 사람인 양 경찰의 포위망을 벗어나 온데간데없이 사라져 버렸다. 그동안 그의 과거에 대해 많은 것들이 밝혀졌는데, 하나같이 추잡한 것들이었다. 비정하면서도 폭력적인 잔인함, 타락한 생활, 그와 어울린 이상야릇한 패거리들, 그의 행적을 뒤덮고 있는 것으로 보이는 증오심 등 온갖 이야기들이 떠돌았다. 하지만 현재의 행방에 관해서는 속삭이는 소리 하나 없었다. 살인 사건이 일어나던 날 아침 소호에 있는 집을 나선 뒤 그는 완전히 자취를 감춰 버린 것이다.

시간이 지나면서 어터슨은 심한 불안감에서 벗어나 점차 냉정을 되찾기 시작했다. 커루 경의 죽음은 안된 일이지만, 그 덕분에 하이드가 사라지게 되었으니 차라리 잘된 일이라는 생각도 들었다.

사악한 자의 영향에서 벗어난 지킬 박사는 새로운 생활을 시작했다. 그는 은둔 생활을 깨고 친구들과 다시 어울리기 시작했으며, 다시 유쾌한 손님이자 환대하는 주인이 되었다. 이전에도 자선가로 잘 알려져 있긴 했지만, 이제 종교인으로서도 그에 못지않게 이름을 날렸다. 그는 바쁘게 살았고 야외에서 많은 시간을 보냈으며 선행을 베풀었다. 마음속의 봉사 정신이 빛을 발하기라도 한 것처럼 그의 얼굴은 밝고 환해졌다. 두 달이 넘도록 지킬 박사는 평화로운 시간을 보냈다.

1월 8일, 어터슨은 지킬 박사의 집에서 열린 조촐한 저녁 파티에 참석했다. 라니언도 초대되었다. 지킬 박사는 세 사람이 단짝 친구 시절이었을 때처럼 두 사람의 얼굴을 번갈아 가며 바라보았다. 그러나 1월 12일과 14일, 어터슨이 지킬 박사의 집을 방문했을 때 연구실의 문은 굳게 닫혀 있었다.

"주인 나리는 방에 틀어박혀 계십니다. 아무도 만나지 않으시겠답니다."

풀은 그렇게 말했다. 어터슨은 15일에도 찾아갔지만 역시 지킬 박사를 만날 수 없었다. 지난 두 달 동안 거의 매일같이 그를 만나 왔던 터라, 지킬이 다시 방 안에 틀어박혔다는 사실에 어터슨은 마음이 무거워졌다. 16일 밤 어터슨은 게스트를 불러 함께 저녁 식사를 했다. 그리고 17일 밤에는 라니언 박사를 찾아갔다.

최소한 라니언 박사의 집에서는 문전박대를 당하지는 않았다. 그러나 집 안에 들어섰을 때, 어터슨은 너무나 달라진 라니언의 얼굴을 보고 깜짝 놀랐다. 그의 얼굴에는 죽음의 그림자가 확연하게 드리워져 있었다. 혈색 좋던 얼굴은 창백하게 변했고, 살이 쑥 빠진 데다, 눈에 띄게 머리카락이 많이 빠져 확 늙어 보였다. 그러나 이렇게 순식간에 일어난 육체적 변화보다 더욱 어터슨의 눈길을 끈 것은 마음속 깊은 곳에 끔찍한 공포심이 자리 잡고 있음을 보여 주는 그의 눈빛과 태도였다. 라니언이 죽음을 두려워할 것 같지는 않았지만, 그렇다고 달리 생각할 이유도 없었다.

'라니언은 의사야. 자신의 몸 상태를 잘 알고 있겠지. 살날이 얼마 남지 않았다는 걸 알게 된 거야. 그걸 알고는 못 견뎌 하는 거야.'

그러나 어터슨이 안색이 좋지 않다고 말했을 때, 라니언은 담담한 태도로 자기는 죽을 운명이라고 말했다.

"나는 쇼크를 받았네. 다시는 회복하지 못할 거야. 몇 주 안 남은 것 같아. 그래, 난 즐거운 삶을 살았네. 내 삶을 좋아했지. 그래, 좋아했어. 예전에는 말이야. 나는 이따금 이런 생각을 한다네. 만약 모든 것을 다 알게 된다면 차라리 죽는 게 더 행복할지도 모른다는 생각."

"지킬도 몸이 안 좋다네. 최근에 그를 만난 적이 있는가?"

어터슨의 이 말에 라니언은 얼굴빛이 변하면서 떨리는 손을 들어 손사래를 쳤다.

"지킬 박사라면 이제 두 번 다시 만나고 싶지도, 아무것도 듣고 싶지도 않아."

그는 떨리는 목소리로 크게 소리쳤다.

"그 사람과 나는 이제 아무런 상관이 없네. 나는 그를 이미 죽은 사람으로 생각하고 있으니 그 사람 얘기는 입 밖에도 꺼내지 말게나."

"쯧쯧."

어터슨은 혀를 찼다. 그러고는 한참 동안 침묵을 지키다가 다시 말을 꺼냈다.

"뭐든지 내가 할 수 있는 일이 없겠나? 우리 셋은 아주 오랜 친구 아닌가, 라니언. 앞으로 다시는 그런 친구를 사귀지 못할 거야."

"아무것도 없네. 지킬에게 가서 물어보게."

"그는 나를 만나려 하지 않네."

"놀랄 것도 없네. 어터슨 자네도 언젠가 내가 죽고 나면 이 일의 전말을 알게 될 거야. 내 입으로는 말 못 하겠네. 그때까지는 얘기를 나누고 싶다면 될 수 있으면 다른 이야기를 해 주게. 이 저주받은 이야기를 계속하려거든 제발 그만 가 주게나. 난 도저히 더 못 들어 주겠어."

집에 도착하자마자 어터슨은 자리에 앉아 지킬에게 편지를 썼
다. 자기를 만나려 하지 않는 것에 대한 불평과 라니언과 불행하게
도 사이가 벌어진 이유에 관한 질문을 담은 편지였다. 다음 날 도착
한 긴 답장에는 매우 애처로우면서도, 군데군데 도무지 무슨 말인
지 종잡을 수 없는 내용이 담겨 있었다. 라니언과의 다툼은 수습이
불가능해 보였다. 그의 편지는 이랬다.

나는 우리의 옛 친구를 비난하고 싶지 않네. 하지만 우리가 두 번
다시 만나서는 안 된다는 그의 의견에 나도 공감하네. 나는 앞으로
극단적인 은둔 생활을 할 작정이네. 자네한테까지 우리 집 문을 열어
주지 않는다고 해서 놀라거나, 나의 우정을 의심하지는 말게나. 내
가 어두운 길을 가도록 그냥 내버려두게. 자세히 말할 순 없지만, 내
가 받고 있는 벌과 내게 닥친 위험은 내가 자초한 것일세. 나는 큰 죄
를 저질렀고, 그래서 큰 벌을 받고 있을 따름이네. 이 세상에 이렇게
사람을 무기력하게 만드는 고통과 공포가 있다는 걸 난 알지 못했네.
어터슨, 이 운명의 짐을 덜어 주려거든, 부디 나의 침묵을 존중해 주
게나.

어터슨은 몹시 놀랐다. 하이드라는 어두운 그림자가 걷히자 예
전의 일상과 우정으로 돌아왔던 지킬 박사가 아니었던가. 일주일

전만 해도 유쾌하고 명예로운 노년에 대한 장밋빛 기대로 가득 차 있지 않았던가. 그런데 이제 한순간에 우정과 마음의 평화, 그리고 모든 삶의 행로가 산산조각 나 버린 것이다. 이렇게 급작스럽고 이토록 예기치 않은 변화는 미친 것이라고밖에 설명할 수 없었다. 하지만 라니언의 태도와 말을 보면 뭔가 더 깊은 이유가 있는 게 분명했다.

그로부터 일주일 뒤, 라니언 박사는 병석에 눕게 되었는데, 2주일도 채 못 되어 숨을 거두었다. 어터슨에게 커다란 슬픔을 안겨 준 장례식을 치른 날 밤이었다. 어터슨은 사무실 문을 걸어 잠그고 촛불 한 개만 밝힌 채 자리에 앉았다. 그는 죽은 친구가 주소와 이름을 쓰고 봉인을 한 봉투 하나를 꺼내 자기 앞에 놓았다.

사적인 편지 — G. J. 어터슨만 볼 것. 어터슨이 먼저 사망할 경우 뜯지 말고 없앨 것.

겉봉에는 이 문구가 눈에 잘 띄도록 쓰어 있었다. 어터슨은 편지를 보기가 두려웠다.

'나는 오늘 친구 한 명을 땅에 묻었어. 이 편지 때문에 또 다른 친구를 잃게 되면 어쩌지?'

그러나 그런 두려움을 갖는 것이 친구에 대한 배신이라 생각한 어터슨은 결국 봉인을 뜯었다. 안에는 비슷하게 봉인된 다른 봉투가 하나 들어 있었는데, 겉봉에 '헨리 지킬 박사가 사망하거나 실종될 때까지 개봉하지 말 것'이라고 쓰여 있었다. 어터슨은 자신의 눈을 의심했다. 그렇다. 실종이라는 말이었다. 그가 예전에 돌려주었던 정신 나간 유언장에서처럼, 여기 다시 한번 실종이라는 말과 헨리 지킬이라는 이름이 한데 묶여 있었다. 그러나 유언장에 실종이라는 말이 나왔던 것은 하이드라는 작자의 음흉한 협박 때문이었다. 끔찍하고도 뚜렷한 목적 때문에 그 말이 들어갔던 것이다. 그런데 라니언이 다시 실종이라는 말을 쓰다니. 이것이 의미하는 바는 무엇일까?

어터슨은 친구의 당부를 무시하고 곧바로 이 수수께끼의 진상을 샅샅이 파헤쳐 보고 싶은 호기심에 사로잡혔다. 그러나 직업 윤리와 죽은 친구에 대해 신의를 지키는 것도 거역할 수 없는 의무였다. 어터슨은 결국 그 봉투를 개인 금고 속 가장 깊숙한 곳에 고이 넣어 두었다.

호기심을 억누르는 것과 이겨 내는 것은 다른 문제이다. 그날 이후 어터슨은 살아 있는 친구 지킬을 만나고 싶은 마음이 예전만큼 간절하지 않았다. 어터슨은 여전히 진심으로 지킬을 걱정하고 있었다. 하지만 한편으로 불안과 두려움을 느끼고 있었다. 지킬의 집을 계속 찾아가기는 했지만 문전박대에 오히려 안도감을 느껐다. 스스로를 감금시킨 집으로 들어가 속내를 알 수 없는 은둔자와 마주 앉아 이야기를 나누는 것보다는 탁 트인 도시의 공기와 소음에 둘러싸인 채 바깥 층계참에 앉아 풀과 이야기하는 편이 낫다는 게 그의 솔직한 심정이었다.

사실 풀에게서 그다지 좋은 소식을 들을 수는 없었다. 지킬 박사는 예전보다 더 자주 연구에 틀어박혀 있었다. 가끔 그곳에서 잠을 자기도 하는 것 같다고 했다. 그는 기운이 하나도 없어 보이고, 말수도 없어졌으며, 책도 읽지 않았다. 뭔가에 정신이 단단히 팔려 있는 것 같았다. 갈 때마다 늘 같은 이야기를 되풀이해서 듣다 보니, 어터슨이 그 집을 방문하는 횟수도 점차 줄어들게 되었다.

창가에서
일어난 일

어느 일요일에 어터슨은 여느 때처럼 엔필드와 함께 산책에 나섰다. 두 사람은 예전 그 뒷골목에 다시 발을 들여놓게 되었다. 그때 함께 봤던 집 앞에 이르자 두 사람은 발걸음을 멈추고 문을 유심히 바라보았다.

엔필드가 입을 열었다.

"어쨌든 그 이야기도 결말이 났군요. 두 번 다시 하이드를 볼 일은 없겠지요."

"그렇게 되기를 바라네. 나도 하이드를 만난 적이 있고, 자네처럼 혐오감을 느꼈다고 내가 말했던가?"

"하이드를 보면 누구나 그런 느낌을 받을 겁니다. 그나저나 전 여기가 지킬 박사님 댁으로 가는 뒷길이라는 것도 몰랐으니, 변호사님이 저를 얼마나 바보로 생각하셨을까요. 제가 그 사실을 알게 된 건 어느 정도는 변호사님 덕분입니다."

"자네도 알게 되었단 말이지? 기왕 이렇게 된 거, 안뜰로 들어가서 창문들을 좀 살펴보도록 하세. 솔직히 말하면, 가엾은 지킬 때문에 내 마음이 편치 않다네. 비록 밖에 있지만 그래도 친구가 가까이에 있다는 게 지킬에게 위안이 될 수도 있을 테니 말이야."

안뜰은 매우 쌀쌀하고 약간 눅눅했다. 머리 위 높다란 하늘은 아직 석양빛으로 환했지만, 안뜰에는 벌써 땅거미가 지고 있었기 때문이다. 창문 세 개 중 가운데 창문이 반 정도 열려 있었다. 그 창문 가까이에 지킬 박사가 앉아 비탄에 잠긴 죄수처럼 한없이 슬픈 모습으로 바람을 쐬고 있는 게 어터슨의 눈에 들어왔다.

어터슨이 소리쳤다.

"맙소사, 지킬! 좀 나아졌는가?"

지킬 박사는 쓸쓸하게 대답했다.

"아주 안 좋네, 어터슨. 아주 안 좋아. 오래 버티지 못할 것 같네."

"자넨 너무 집 안에만 처박혀 있어. 집 밖으로 나와 산책이라도 할 필요가 있어. 엔필드와 나처럼 말이야. 이쪽은 내 사촌이라네, 엔필드라고. 이쪽은…… 지킬 박사고. 당장 나오게나. 모자도 쓰고. 우리랑 한 바퀴 돌도록 하세."

"자넨 정말 좋은 사람이야."

지킬 박사는 한숨을 내쉬었다.

"나도 그러고 싶은 마음이 굴뚝같다네. 하지만 아니야, 안 돼. 불가능해. 그럴 수야 없지. 그래도 어터슨, 자네 얼굴을 보게 되어서 얼마나 기쁜지 모른다네. 자네와 엔필드 씨에게 이리 올라오라고 하고 싶지만, 그럴 형편이 아니네."

"그렇다면 여기서 이대로 자네와 잠시 이야기를 나누는 것이 최선이겠군."

어터슨이 다정하게 말했다.

"나도 막 그렇게 부탁하려던 참이었네."

지킬 박사가 웃으며 대답했다. 그러나 그 말을 채 마치기도 전에 그의 얼굴에서 웃음이 싹 가시고 비참한 공포와 절망에 찬 표정이 그 자리를 대신했다. 아래 서 있던 두 사람은 온몸의 피가 얼어붙는 것 같았다. 그나마 그들이 지킬의 모습을 볼 수 있었던 것은 한순간이었다. 곧바로 창문이 쾅 닫혀 버렸기 때문이다. 그러나 그 한순간으로도 충분했다. 두 사람은 말없이 몸을 돌려 안뜰을 빠져나왔다. 뒷골목을 빠져나오는 동안에도 두 사람은 침묵을 지켰다. 일요일인데도 꽤 북적대는 옆 거리로 나왔을 때에야 어터슨은 몸을 돌려 엔필드를 쳐다보았다. 두 사람 모두 얼굴이 창백했고 눈동자에는 공포의 빛이 서려 있었다.

"세상에! 세상에!"

어터슨이 중얼거렸다.

엔필드는 심각한 표정으로 고개만 끄덕였고, 다시 한번 침묵에
휩싸인 채 두 사람은 발걸음을 옮겼다.

Dr. JEKYLL and Mr. HYDE

제 8 장

최후의 밤

어느 날 저녁 어터슨이 식사를 마치고 난롯가에 앉아 있을 때,
뜻밖에도 풀이 찾아왔다.

"이런, 풀, 어쩐 일인가?"

어터슨은 큰 소리로 말하고는 다시 한번 풀을 찬찬히 보았다.

"아니, 무슨 일인가? 지킬 박사가 아프기라도 한 건가?"

"어터슨 변호사님, 좋지 않은 일이 생겼습니다."

"일단 앉아서 이 포도주 한 잔 들게나. 자, 진정하고, 무슨 일인
지 속 시원하게 말해 보게."

"아시다시피 요즘 박사님은 집 안에만 계십니다. 연구실에만 틀
어박혀 지내시지요. 저는 그걸 좋아하지 않습니다. 제가 그걸 좋
아하다면 손에 장을 지지겠습니다. 어터슨 변호사님, 전 정말 두
렵습니다."

"이보게, 풀, 좀 자세히 말해 보게. 도대체 뭐가 두렵다는 말

인가?"

폴은 어터슨의 질문에 아랑곳하지 않고 이렇게 말했다.

"일주일 내내 두려웠습니다. 이제 더 이상 견딜 수가 없어요."

풀의 표정은 그의 말을 충분히 대변하고 있었고, 태도는 불안정해 보였으며, 처음 두렵다고 말을 꺼낸 순간을 빼고는 어터슨의 얼굴을 쳐다보지도 못하고 있었다. 지금 이 순간에도 입도 대지 않은 포도주 잔을 무릎에 올려놓은 채 시선은 방바닥의 한곳을 향하고 있었다.

"이젠 더 이상 견딜 수가 없어요."

풀은 똑같은 말을 되풀이했다.

"자, 그럴 만한 이유가 있는 게로군, 풀. 뭔가 크게 잘못된 일이 있다는 건 알겠네. 그게 뭔지 말해 주지 않겠나?"

풀이 쉰 목소리로 대답했다.

"흉악한 범죄가 일어난 것 같습니다."

"흉악한 범죄라고!"

어터슨이 소리쳤다. 깜짝 놀라기도 했거니와 그보다는 무슨 일인지 궁금해서 안달이 났기 때문이다.

"무슨 흉악한 범죄 말인가? 도대체 무슨 소리야?"

"더는 말씀드릴 수가 없습니다. 변호사님, 함께 가서 직접 보시지 않으시겠습니까?"

어터슨은 대답 대신 자리에서 벌떡 일어나 모자와 외투를 집어 들었다. 그러나 풀의 얼굴에 크게 안도하는 빛이 나타나는 것을 보고는 의아했다. 포도주는 입도 대지 않고 내려놓는 것도 의아하기는 마찬가지였다.

3월에 흔히 볼 수 있는 황량하고 추운 밤이었다. 얇디얇은 투명한 천 조각 같은 창백한 달이 바람에 쓰러져 등을 기대고 누워 있는 것처럼 떠 있었다. 몰아치는 바람 때문에 이야기를 나누기가 어려울 정도였고 얼굴에는 점점이 피가 몰렸다. 더구나 날씨 탓인지 거리에는 평소와 달리 사람이 거의 없었다.

어터슨은 생각했다.

'런던의 이쪽 거리가 이렇게 쓸쓸해 보인 적은 처음인걸. 사람들이 좀 많았으면 좋으련만.'

어터슨은 여태껏 살아오면서 이렇게 사람이 보고 싶고 만지고 싶다는 마음이 간절하게 든 적은 없었다. 힘겹게 발걸음을 옮기는 동안, 커다란 재앙이 다가오고 있다는 불길한 예감이 그의 마음에서 떠나지 않았다.

지킬 박사의 집이 있는 구역에 도착해 보니, 바람과 흙먼지가 휘몰아치고 있었고, 정원 난간을 따라 심어 놓은 가느다란 나무들이 서로를 채찍질을 하고 있었다. 오는 길 내내 한두 걸음 앞에서 걷던 풀이 보도 한가운데서 멈춰 서더니 살을 에는 것 같은 날

씨에도 불구하고 모자를 벗고는 붉은 손수건으로 이마를 훔쳤다. 황급히 서둘러 오기는 했지만, 그가 닦아 낸 땀은 무리한 운동 때문이 아니라 가슴을 짓누르는 괴로움 때문에 맺힌 것이었다. 그의 창백한 얼굴과 더듬거리며 말하는 쉰 목소리만으로도 그것을 알 수 있었다.

"변호사님, 다 왔습니다. 제발 아무 일 없어야 할 텐데요."

"아멘, 풀."

풀은 조심조심 문을 두드렸다. 체인이 걸린 채로 문이 열리더니, 안쪽에서 목소리가 들려왔다.

"풀 아저씨세요?"

"괜찮으니 문을 열게."

집 안으로 들어서니, 홀에 불이 환하게 밝혀 있었다. 활활 타오르는 벽난로 주변에 하인들과 하녀들이 양 떼처럼 서로 꼭 붙은 채 모두 모여 있었다. 어터슨의 모습을 보자마자 한 하녀가 감정이 복받치는 듯 훌쩍훌쩍 울기 시작했다. 요리사가 큰 소리로 외쳤다.

"아, 하느님! 어터슨 변호사님이 와 주셨군요."

요리사는 어터슨을 두 팔로 껴안을 태세로 달려왔다.

"무슨 일인가, 무슨 일이야? 왜 다들 여기에 모여 있지?"

어터슨이 역정을 내듯 물었다.

"완전히 엉망이구먼. 아주 보기 좋지 않아. 자네들 주인이 보면 틀림없이 싫어할 거야.”

“다들 겁에 질려서 그렇습니다.”

풀이 말했다.

무거운 침묵이 흘렀다. 아무도 입을 열려 하지 않았다. 울음을
터뜨렸던 하녀만이 소리를 한층 높여 이제 큰 소리로 흐느낄 뿐이
었다.

“입 닥치지 못해!”

풀이 신경이 곤두선 듯 하녀를 따끔하게 야단쳤다. 아닌 게 아니
라, 그 하녀가 갑자기 소리를 높여 울기 시작하자 다들 깜짝 놀라
공포에 질린 표정을 지으며 안쪽 문을 향해 발걸음을 옮기고 있던
터였다.

“그리고, 너.”

풀은 부엌에서 식기 닦는 일을 하는 사내아이를 가리키며 말을
이었다.

“촛불을 하나 이리 건네다오. 지금 당장 일을 해치울 테니까.”

그러고는 어터슨에게 따라오라고 부탁한 뒤, 앞장서 뒷마당으
로 향했다.

“변호사님, 되도록이면 발소리를 죽이세요. 변호사님이 그쪽 기
척을 들으셔야지, 그쪽에서 변호사님 소리를 들으면 안 되니까요.
그리고 혹시 주인 나리가 안으로 들어오라고 하셔도 절대로 들어

가시면 안 됩니다."

풀의 이 뜻밖의 말에 어터슨은 신경이 경련을 일으켜 하마터면 균형을 잃고 쓰러질 뻔했다. 그러나 곧 다시 용기를 내어 풀을 따라 연구실 건물로 갔다. 이윽고 나무 상자들과 병들이 나뒹구는 수술실을 지나 계단 발치에 이르렀다. 여기서 풀은 한편으로 비켜서서 귀를 기울이라는 신호를 보냈다. 그런 다음, 풀은 심호흡을 크게 한 번 하면서 마음을 다잡고는 계단을 올랐다. 그리고 망설이는 듯한 손놀림으로 붉은 천으로 싸인 연구실 문을 두드렸다.

"나리, 어터슨 변호사님이 찾아오셨습니다."

그렇게 말하는 와중에도 풀은 다시 한번 어터슨에게 귀를 기울이라는 신호를 열심히 보냈다.

안에서 대답하는 소리가 들렸다.

"아무도 만나지 않겠다고 전해 주게."

못마땅하다는 듯한 말투였다.

"알겠습니다, 나리."

풀의 목소리에서는 승리감 같은 것이 느껴졌다. 그는 촛불을 집어 들고는 어터슨을 데리고 다시 마당을 가로질러 큰 부엌으로 갔다. 부엌 화덕은 불이 꺼져 있었고, 바닥에는 딱정벌레들이 폴짝폴짝 뛰어다니고 있었다.

"변호사님."

풀이 어터슨의 눈을 똑바로 바라보며 말을 꺼냈다.

"아까 그게 저희 주인님 목소리라고 생각하십니까?"

"목소리가 많이 변한 것 같더군."

어터슨은 안색이 몹시 창백해졌지만 풀을 똑바로 바라보며 말했다.

"변한 것 같다고 하셨나요? 아, 네, 저도 그렇게 생각합니다. 주인님을 이십 년 동안이나 모셔 온 제가 주인님 목소리를 모르겠습니까? 말도 안 되죠, 변호사님. 주인님은 돌아가신 겁니다. 여드레 전에 주인님이 하느님을 부르며 비명을 지르신 일이 있었습니다. 그때 돌아가신 게 틀림없습니다. 그런데 주인님 대신 저 안에 있는 자는 도대체 누구일까요? 그리고 무엇 때문에 저 안에 있는 걸까요? 어터슨 변호사님, 정말이지 귀신이 곡할 노릇 아닙니까?"

"말도 안 되는 얘기야, 풀. 얼토당토않은 얘기라고."

손톱을 깨물면서 어터슨이 말했다.

"좋아. 자네 추측대로 지킬 박사가…… 살해당했다고 치자고. 그렇다면 범인이 무엇 때문에 머물러 있겠는가? 말이 안 되잖아. 전혀 이치에 맞지 않는 말 아닌가."

"어터슨 변호사님, 변호사님 깐깐하신 건 알아줘야 한다니까요. 하지만 제가 좀 더 설명을 해 보겠습니다."

풀이 말을 이었다.

"지난주 내내 연구실 안에 있는 사람인지 뭔지 모를 존재가 밤낮으로 어떤 약을 구해 오라고 소리를 질러 댔습니다. 하지만 그 약을 아직 구하지 못했습니다. 저희 주인님은 가끔 지시 사항이 있으면 쪽지에 써서 계단에 놔두곤 하셨지요. 이번 주에 우리가 본 거라고는 쪽지밖에 없습니다. 쪽지만 덜렁 나와 있고, 문은 늘 꼭꼭 닫혀 있고, 문 앞에 가져다 둔 음식도 아무도 보지 않을 때만 슬쩍 안으로 들어가시곤 했습니다. 변호사님, 매일, 그리고 어떤 날은 하루에도 두세 번씩 지시 사항과 불평을 적은 쪽지가 나와 있었습니다. 저는 런던의 약국이란 약국을 죄다 돌아다녀야 했습니다. 그런데 제가 약을 구해 올 때마다, 약을 돌려보내라는 쪽지가 나왔습니다. 불순물이 섞여 있다나요. 그러면서 다른 약국을 찾아보라는 지시를 내렸지요. 어디에 쓰는 약인지는 몰라도 아무튼 그 약이 지독히도 절실하게 필요한가 봅니다."

"지금 그 쪽지를 하나라도 가지고 있는가?"

어터슨이 물었다.

풀은 주머니 안쪽을 더듬어 꼬깃꼬깃한 쪽지 한 장을 건네주었다. 어터슨은 그 쪽지를 촛불 가까이로 기울여 꼼꼼히 살펴보았다. 내용은 이랬다.

〈지킬 박사가 모우 약국에 제기하는 불만〉

모우 약국에서 지난번에 보낸 샘플은 불순물이 섞여 있어서 내가 쓰고자 하는 용도에는 쓸모가 없습니다. 18○○년 저는 모우 약국에서 어떤 약품을 대량으로 사들인 적이 있습니다. 그 약을 꼼꼼하게 찾아봐 주시길 바랍니다. 그리고 만약 같은 품질의 약이 남아 있다면 즉시 저에게 보내 주시기 바랍니다. 가격은 얼마가 되든 상관없습니다. 이 약품이 저에게 얼마나 중요한지는 이루 말로 설명할 수 없습니다.

편지는 여기까진 차분하게 쓰여 있었지만 끝부분에 이르자 갑자기 글씨체가 어지러워지면서 감정이 폭발한 듯이 보였다. 쪽지는 다음과 같이 이어졌다.

이런, 젠장, 예전 약품을 좀 구해 달란 말이오.

"참 이상한 쪽지로군."
어터슨은 그렇게 말하고는 날카롭게 물었다.
"그런데 봉투는 어디로 가고 쪽지가 이렇게 개봉되어 있는 건가?"
"모우 약국의 사람이 보고는 무척 화를 내면서 마치 쓰레기 버리듯이 쪽지만 저한테 내던진 겁니다."

"의심할 나위 없이 지킬 박사의 글씨체로군. 그렇지 않은가?"

"그런 것 같습니다."

폴은 약간 뚱하게 대답하더니, 목소리를 바꿔서 내처 말했다.

"하지만 글씨체가 뭐가 중요하겠습니까? 그 사람을 제 눈으로 봤는데요!"

"그를 봤다고? 정말인가?"

"그렇고말고요. 어떻게 된 거냐 하면, 이렇습니다. 저는 정원에 있다가 갑자기 강당 안으로 들어갔습니다. 그자는 그 약, 아니 뭐가 됐든 간에 뭔가를 찾으러 살짝 나왔던 모양입니다. 연구실 문을 열어 둔 채 강당 저쪽 끝에서 나무 상자를 뒤적거리고 있더군요. 그러다 제가 안으로 들어오는 것을 보고는 비명 같은 소리를 내지르더니 쏜살같이 계단을 올라 연구실로 들어가 버렸습니다. 제가 그를 본 것은 일 분 정도에 불과했지만, 고슴도치 바늘처럼 머리카락이 쭈뼛 곤두서는 느낌이 들었습니다. 변호사님, 만약에 그 사람이 저희 주인님이었다면 복면을 쓰고 있을 이유가 있겠습니까? 주인님이었다면 쥐 소리 같은 비명을 지르며 저한테서 도망칠 이유가 있겠습니까? 제가 얼마나 오랫동안 주인님을 모셔 왔는데요. 그런데……."

폴은 말을 잇지 못하고 두 손에 얼굴을 파묻었다.

어터슨이 말했다.

"모든 게 정말 이상하구먼. 하지만 뭐가 뭔지 알 것도 같네. 풀, 자네의 주인은 몹시 고통스럽고 겉모습이 추하게 변하는 몹쓸 병에 걸린 것 같네. 모르긴 해도, 그 때문에 목소리도 변한 걸 거야. 그래서 복면을 쓰고, 친구들도 피하고 말이야. 그래서 그 약을 구하려고 기를 쓰는 것일 테고. 이 약으로 근본적인 치료를 할 수 있다는 희망을 갖고 있는 것이겠지. 아, 신이시여, 그를 굽어살피소서. 이게 내 생각이네. 정말 슬픈 일이야. 풀, 생각만 해도 소름 끼치는 일이지만, 명백하고 자연스러운 설명이지 않은가. 앞뒤가 잘 맞잖아. 터무니없이 불안해하지 않아도 될 것 같네."

"변호사님!"

풀은 핏기가 가신 얼굴로 말을 이었다.

"그자는 저희 주인님이 아니었습니다. 분명한 사실입니다. 주인님은……."

풀은 주변을 둘러보고는 목소리를 낮춰 속삭였다.

"주인님은 키가 크고 풍채가 좋은 분이십니다. 그런데 그자는 오히려 난쟁이에 가까웠습니다."

어터슨이 대꾸를 하려고 하자 풀이 목청을 높였다.

"아, 변호사님, 이십 년 동안이나 모셔 온 주인님을 제가 못 알아보겠습니까? 매일 아침 봐 왔던 분인데 주인님의 키가 연구실 문 어디까지 오는지 제가 모를 것 같습니까? 당연히 아니지요, 변호사님. 복면을 쓴 자는 절대로 지킬 박사님이 아닙니다. 그자가 누구인지는 귀신도 모르지만, 절대로 지킬 박사님은 아닙니다. 저는 그 방에서 살인이 일어났다고 마음속으로 굳게 믿고 있습니다."

"풀, 자네가 그렇게까지 말한다면, 문제를 명확히 밝히는 것이 나의 도리이겠군. 자네 주인의 감정을 상하게 하고 싶지도 않고, 또 이 쪽지가 지킬 박사가 아직 살아 있다는 증거인 것 같아서 몹시 혼란스럽긴 하지만, 이 문을 부수고 들어가 보는 것이 내가 마땅히 해야 할 일인 것 같네."

"어터슨 변호사님, 옳은 말씀이십니다."

풀이 외쳤다.

"자, 이제 문제는, 누가 그 일을 할 것인가 하는 거네."

"변호사님과 저 말고 누가 있겠습니까?"

풀은 겁내지 않고 말했다.

"좋아, 그렇게 하도록 하지. 일이 어떻게 풀리든 간에, 자네를 탓하는 일은 없을 걸세."

"강당에 도끼가 하나 있습니다. 변호사님은 부지깽이를 챙기십시오."

어터슨은 투박하고 묵직한 부지깽이를 손에 집어 들고는 이리저리 가늠해 보았다.

"풀, 자네와 내가 벌이려는 일이 위험한 일이라는 건 알고 있겠지?"

"물론 잘 알고 있습니다."

"좋아. 그렇다면 우리 솔직해지세. 우리 둘 다 마음속에 담아 두고 말하지 않은 게 있어. 자, 우리 죄다 털어놓으세. 자네가 보았다는 복면을 한 사람이 누구인지 알아보았겠지?"

"변호사님, 그자가 너무 빨리 달아나 버린 데다 몸을 잔뜩 구부리고 있어서 확실치는 않습니다. 그렇지만 변호사님이 하이드 씨를 말씀하시는 것이라면, 예, 맞습니다. 하이드 씨 같았습니다. 덩치도 비슷하고, 몸놀림도 재빨랐습니다. 그리고 연구실 열쇠를 가진 사람이 달리 누가 있겠습니까? 그 살인 사건이 일어났을 때도 그가 열쇠를 가지고 있었다는 사실을 잊지는 않으셨겠지요? 하지만 그게 전부가 아닙니다. 어터슨 변호사님, 혹시 하이드 씨를 만나 본 적이 있으신지요?"

"있지. 그와 이야기를 나눈 적이 한 번 있다네."

"그렇다면 변호사님도 그 사람에게 뭔가 이상한 구석이, 사람들로 하여금 등을 돌리게 만드는 구석이 있다는 것을 잘 아시겠군요. 달리 어떻게 표현해야 할지 잘 모르겠습니다만, 변호사님도 등골이 오싹한 느낌을 받으셨을 겁니다."

"자네가 말한 것 같은 느낌을 받았다네."

"정말 그렇지요, 변호사님. 아 글쎄, 복면을 한 그자가 원숭이처

럼 약품들 사이를 헤집고 뛰어다니다 연구실로 잽싸게 뛰어 들어
갈 때, 등골이 얼어붙는 것처럼 그런 느낌이 확 들더군요. 아, 물론
이런 것은 증거가 될 수 없다는 걸 저도 잘 압니다, 변호사님. 책에
서 봐서 그 정도는 저도 알지요. 그렇지만 사람한테는 느낌이라는
게 있지 않습니까. 제가 본 자는 맹세코 하이드 씨였습니다!"

"그래그래. 두려운 일이지만, 나도 자네와 같은 생각이네. 악마
가, 분명히 악마가 둘을 맺어 준 거야. 아, 나도 자네 말을 믿네. 가
엾은 지킬이 살해되었을 거라고 믿어. 무슨 이유 때문인지는 하느
님만이 아시겠지만 살인범은 아직도 저 방에 숨어 있는 것 같고.
좋아, 우리가 복수를 하세. 브래드쇼를 부르게."

마부 브래드쇼가 하얗게 질린 초조한 모습으로 불려 왔다.

어터슨이 말했다.

"브래드쇼, 정신 차리게. 이 일로 자네들이 불안해하고 있다는
걸 나도 잘 알고 있네. 이제 우리가 이 일에 마침표를 찍을 생각이
야. 여기 풀과 내가 이제 연구실로 쳐들어갈 작정이야. 연구실 안
에 아무 일도 없으면 모든 책임은 내가 지겠네. 한편, 뭔가 잘못되
어 있다면 범인이 뒷문으로 달아나지 못하도록 해야 하네. 자네가
그 꼬마 녀석과 함께 튼튼한 몽둥이를 들고 연구실 뒷문을 지키게.
맡은 곳에 자리를 잡는 데 10분을 주겠네."

브래드쇼가 나가자 어터슨은 시계를 보았다.

"자 풀, 이제 우리도 맡은 곳으로 가세."

어터슨은 부지깽이를 옆구리에 끼고는 앞장서서 안뜰로 나섰다. 달이 구름에 가려 상당히 어두웠다. 집 안 깊숙한 곳까지 휙휙 불어오는 바람 때문에 촛불의 불꽃이 이리저리 흔들렸다. 이윽고 강당에 도착한 두 사람은 조용히 앉아 기다렸다. 사방에서 런던의 소음이 들려왔다. 하지만 가까운 주변은 조용했다. 연구실 마룻바닥을 이리저리 움직이는 발소리만이 고요함을 깨고 있었다.

풀이 속삭였다.

"하루 종일 저렇게 서성거린답니다, 변호사님. 밤에는 더 심해지고요. 약국에서 새 샘플이 도착했을 때만 발소리가 멈추지요. 양심의 가책을 받아 쉴 수도 없는 것이겠죠! 아, 저자의 발자국 하나하나에 피가 잔뜩 묻어 있을 겁니다. 좀 더 가까이 가서 귀를 기울여 보십시오. 귀에 온 신경을 집중해 보세요. 어터슨 변호사님, 저게 박사님의 발소리라고 생각되십니까?"

발걸음은 아주 느릿느릿했지만, 일정한 간격으로 경쾌하면서도 이상하게 걷고 있었다. 아닌 게 아니라 삐걱거리는 소리를 내며 걷는 헨리 지킬의 묵직한 발소리와는 달랐다. 어터슨은 한숨을 쉬며 물었다.

"또 다른 일은 없었나?"

고개를 끄덕이며 풀이 대답했다.

"한번은 저자가 흐느끼는 소리를 들었습니다."

"흐느꼈다고? 어떻게?"

어터슨은 갑자기 소름 끼치는 두려움을 느끼면서 물었다.

"마치 여자나 지옥에 떨어진 영혼처럼 울더군요. 저까지도 눈물이 나올 것 같아서 자리를 떴습니다."

이제 10분이 다 되어 가고 있었다. 풀은 새끼줄 더미 아래에서 도끼를 꺼냈다. 공격할 때 잘 볼 수 있도록 촛불을 가장 가까운 탁자 위에 놓아두었다. 두 사람은 숨을 죽인 채, 밤의 정적 속에서 계속 왔다 갔다 하는 발소리가 들려오는 연구실로 다가갔다.

어터슨이 큰 소리로 외쳤다.

"지킬! 자네를 꼭 만나야겠네."

잠시 기다려 보았지만, 안에서는 아무런 대답도 들리지 않았다.

"자네에게 좋은 말로 경고하겠네. 아무래도 미심쩍은 일이 있어서, 자네를 꼭 만나야겠네. 좋은 말로 해서 안 된다면, 반칙이라도 써야겠네. 자네가 동의하지 않는다면 강제로라도 들어갈 수밖에!"

"어터슨, 제발 부탁이네."

안에서 목소리가 들려왔다.

"앗, 저건 지킬의 목소리가 아니야. 하이드의 목소리야!"

어터슨이 소리쳤다.

"풀, 문을 부수게!"

풀이 어깨 위로 도끼를 들어 올려 휘둘렀다. 도끼질에 건물 전체가 흔들렸다. 붉은 천으로 싸인 문이 자물쇠와 경첩에 걸린 채 심하게 출렁거렸다. 공포에 질린 짐승이 내지르는 것 같은 무서운 비명이 연구실 안에서 울려 퍼졌다. 다시 한번 도끼를 내리치자, 널빤지들이 부서지고 문틀이 흔들거렸다. 도끼로 네 번이나 내리쳤지만, 문짝은 단단했고 문은 견고하게 만들어져 있었다. 다섯 번째

도끼질을 하고서야 자물쇠가 부서지고 조각난 문짝이 방 안쪽 카펫 위로 쓰러졌다.

자기들이 벌인 소동과 이어지는 정적에 놀라 간담이 서늘해진 두 사람은 뒤로 조금 물러나 방 안을 엿보았다. 조용히 타오르는 램프 불빛 아래로 연구실 모습이 눈에 들어왔다. 벽난로에서는 딱딱 소리를 내며 불길이 활활 타오르고 있었고, 주전자에서는 가는 노랫소리를 내며 물이 끓고 있었다. 서랍 한두 개가 열려 있었지만, 책상에는 서류들이 가지런히 놓여 있었고, 난롯가에는 찻잔 세트가 놓여 있었다. 약품들로 가득 찬, 유리를 끼운 서랍장들만 아니라면 그날 밤 런던에서 가장 조용한 방, 가장 평범한 장소라고 말할 수 있을 정도였다.

방 한가운데에 고통으로 일그러진 얼굴의 한 사내가 쓰러진 채 아직 꿈틀거리고 있었다. 어터슨과 풀이 발소리를 죽이고 다가가 몸을 바로 눕히고 보니, 에드워드 하이드의 얼굴이 드러났다. 그는 너무 커서 지킬 박사의 체구에나 맞을 법한 큼지막한 옷을 걸치고 있었다. 그의 얼굴 조직은 살아 있는 사람처럼 아직 꿈틀거리고 있었지만 숨은 이미 끊어져 있었다. 손에는 깨진 유리병이 들려 있고, 약품 냄새가 코를 찌르는 것으로 보아 어터슨은 눈앞에 있는 시체가 자살했다는 것을 알 수 있었다.

"너무 늦었군."

어터슨이 단호하게 말했다.

"목숨을 구하기에도, 벌을 주기에도 너무 늦었군. 하이드는 스스로 목숨을 끊었어. 이제 자네 주인의 시체를 찾는 일만 남았네."

그 건물의 주요 부분은 위에서 빛이 들어오게 되어 있는 1층 강당과 안뜰을 내려다볼 수 있는 2층 한쪽 끝에 있는 연구실이었다. 강당 옆에 붙은 복도는 뒷골목으로 이어지는 문까지 연결되어 있었다. 이 복도를 따라가면 남의 눈에 띄지 않고 연구실로 갈 수 있는 또 다른 계단이 나왔다. 그 밖에 어둠침침한 작은 방 몇 개와 커다란 창고가 하나 있었다. 두 사람은 이 모든 곳을 샅샅이 조사했다. 작은 방들은 하나같이 텅 비어 있었기 때문에 한 번 흘낏 보는 것만으로 충분했다. 문에서 떨어지는 먼지 더미로 보아 오랫동안 열린 적이 없는 게 확실했다. 창고는 어지럽게 널려 있는 잡동사니로 꽉 차 있었다. 대부분은 지킬에 앞서 이 집을 소유했던 외과 의사의 물건들이었다. 어터슨과 풀은 몇 년 동안 입구에 집을 짓고 산 거미줄 더미가 폭삭 떨어져 내리는 것만 보더라도 더 이상 조사할 필요가 없을 게 분명한 문마저도 열어 보았다. 그러나 어느 곳에도 헨리 지킬의 흔적은 없었다. 그가 죽었든 살았든 간에.

풀은 복도에 깔린 돌 위로 발을 굴러 보았다. 그러고는 소리에 귀를 기울이더니 말했다.

"여기에 파묻은 게 틀림없습니다."

"아니면 피신했을지도 모르지."

그렇게 말하고, 어터슨은 몸을 돌려 뒷골목으로 나가는 문을 살펴보기 시작했다. 문은 잠겨 있었다. 그런데 집 열쇠가 문 근처 돌바닥에 떨어져 있는 게 아닌가. 열쇠는 이미 녹이 슬어 있었다.

"쓸 수 있는 열쇠 같아 보이진 않는군."

어터슨이 말하자, 풀이 대꾸했다.

"쓸 수 있는 게 다 뭡니까. 안 보이세요, 변호사님? 열쇠가 부러졌잖아요. 누군가가 마구 짓밟은 것 같은데요."

"아! 부러진 부분까지 녹이 슬어 있군."

두 사람은 두려움을 느끼며 마주 보았다.

"뭐가 뭔지 도통 모르겠구먼. 풀, 연구실로 돌아가세."

두 사람은 입을 굳게 다문 채 계단을 올랐다. 그리고 이따금 겁에 질린 눈빛으로 시체를 곁눈질하면서 연구실 안에 있는 물건들을 좀 더 꼼꼼하게 살펴보았다. 한 탁자 위에 화학 실험을 한 흔적이 남아 있었다. 실험을 하려다 뜻을 이루지 못한 듯, 유리 접시들에 소금 덩어리가 저마다 다른 분량으로 놓여 있는 게 보였다.

풀이 말했다.

"저게 제가 매번 사 왔던 바로 그 약입니다."

그 와중에도 주전자는 쉭쉭 소리를 내며 끓고 있었다.

그 소리를 듣고 두 사람은 발걸음을 난롯가로 옮겼다. 안락의자가 편안한 모양새로 불 가까이에 끌어당겨져 있었고, 찻잔 세트가 팔걸이 근처에 준비되어 있었으며, 컵에는 설탕까지 들어 있었다. 선반에는 책이 몇 권 꽂혀 있었는데, 책 한 권은 찻잔 바로 옆에 펼쳐져 있었다. 그 책을 들여다보고 어터슨은 깜짝 놀랐다. 그것은 지킬이 여러 차례에 걸쳐 아주 높이 평가하던 신학책이었는데, 지킬이 손수 책 여기저기에 신을 모독하는 주석을 달아 놓은 게 보였기 때문이다.

방을 계속 조사하던 두 사람은 커다란 전신 거울 앞에 이르렀다. 거울의 깊은 속을 들여다보고 있자니, 자신들도 모르는 사이에 공포심이 밀려왔다. 그러나 거울에 비치는 영상은 지붕에 비치는 붉은 불빛과 서랍장 유리에 수백 개의 빛으로 반사되어 비치는 난롯불, 그리고 창백하고 공포에 질린 표정으로 구부정하게 들여다보고 있는 두 사람이 다였다.

풀이 속삭였다.

"이 거울은 이 방에서 일어난 이상한 일들을 다 보았겠지요, 변호사님?"

어터슨도 속삭이는 듯한 목소리로 대꾸했다.

"그보다 거울 자체가 더 이상한걸. 무엇 때문에 지킬이……."

어터슨은 움찔하면서 입을 다물었다가, 마음을 다잡은 듯 다시 말을 이었다.

"지킬은 이렇게 큰 거울로 무엇을 할 생각이었을까?"

"그러게 말입니다."

두 사람은 이제 사무실 책상을 살펴보았다. 책상 위에는 여러 가지 서류가 가지런히 정리되어 있었는데, 맨 위에 지킬 박사의 글씨체로 어터슨의 이름이 적힌 커다란 봉투가 놓여 있었다. 어터슨이 봉투를 열자, 여러 개의 작은 봉투들이 마룻바닥으로 쏟아졌다.

첫 번째 봉투는 유언장이었다. 지킬 박사가 사망했을 경우 유언장이 되고, 실종되었을 경우 재산을 증여하는 증서가 될 수 있는 서류였는데, 어터슨이 6개월 전에 지킬에게 돌려주었던 것과 같은 기이한 구절을 그대로 담고 있었다. 그런데 '에드워드 하이드'라는 이름 대신, 놀랍게도 '가브리엘 존 어터슨'이라는 이름이 들어가 있었다. 어터슨은 풀을 한 번 보고, 다시 서류를 보고, 마지막으로 카펫 위에 쭉 뻗어 있는 범인의 시체를 봤다.

"머리가 빙글빙글 도는군. 요 며칠 동안 하이드는 이 방을 차지하고 있었어. 그가 나를 좋아할 리는 없잖아. 유언장에서 자기 자신의 이름이 빠진 것을 보고 무척 화가 났을 텐데. 그런데도 이 서류를 없애지 않았다니."

어터슨은 두 번째 서류를 집어 들었다. 그것은 지킬 박사가 직접 쓴 간단한 쪽지였는데, 맨 위에 날짜가 적혀 있었다.

"오, 풀! 지킬 박사는 살아 있었어. 바로 오늘까지, 그것도 이곳에서 말이야. 그렇게 짧은 시간에 지킬을 죽이고 시체 처리까지 할 수는 없어. 지금도 살아 있는 게 분명해. 틀림없이 어디론가 피신을 한 거야! 그런데 왜 피신을 했을까? 그리고 어떻게? 만약 지킬이 살아 있다면, 우리가 이것을 자살이라고 장담할 수 있을까? 아, 신중하게 일을 처리해야겠어. 자칫 잘못하면 우리가 자네 주인을 끔찍한 재앙에 빠뜨릴 수도 있을 것 같네."

"그런데 그 쪽지를 왜 안 읽으시는 거죠, 변호사님?"

"두려워서 그렇다네. 제발 아무 일도 없어야 할 텐데."

그 말과 함께 어터슨은 쪽지를 읽기 시작했다.

친애하는 어터슨

이 쪽지가 자네 손에 들어갈 때쯤이면, 나는 사라지고 없을 것이네. 내가 앞일을 꿰뚫어 볼 수도 없고 자세히 밝힐 수도 없는 일이네만, 내가 처한 상황들을 볼 때 직감적으로 종말이 멀지 않았다고 확신하는 바이네. 자, 그러면 먼저 라니언이 남긴 글을 읽어 보게. 라니언이 자네에게 그 글을 주었다고 나한테 통고한 적이 있네. 그리고 더 자세한 내막을 알고 싶거든 자네의 가치 없고 불행한 친구의 고백을 읽어 주게.

헨리 지킬

“세 번째 봉투가 있나?”

어터슨이 물었다.

“여기 있습니다, 변호사님.”

풀은 여러 군데에 봉인을 한 꽤 두툼한 봉투를 어터슨의 손에 건넸다.

어터슨은 그 봉투를 주머니에 넣었다.

“나는 이 서류에 대해 입을 꾹 다물 작정이네. 자네 주인이 피신을 했든 죽었든 간에 우리는 적어도 그의 명예는 지켜 주어야 할 거야. 지금 10시로군. 난 이제 집으로 가서 이 서류들을 조용히 읽어 볼 참이네. 그렇지만 자정까지는 돌아올 테니 그때 경찰을 부르기로 하세.”

두 사람은 강당 문을 잠그고 그 건물을 나왔다. 어터슨은 다시 한번 난롯가에 모여 있는 하인들을 뒤로하고, 이 수수께끼를 설명해 줄 두 통의 편지를 읽기 위해 그의 사무실로 무거운 발걸음을 옮겼다.

제 9 장

라니언 박사의
편지

1월 9일, 그러니까 지금으로부터 나흘 전, 나는 저녁 무렵에 동료이자 학창 시절의 옛 친구인 헨리 지킬이 보낸 등기 우편 한 통을 받았다네. 편지를 받고 상당히 놀랐지. 그전에는 우리가 이런 식으로 교신을 한 적이 없었거든. 사실 바로 그 전날 밤에도 지킬 박사를 만나 함께 저녁 식사를 했으니, 새삼스럽게 우리 사이에 이런 식으로 딱딱하게 전할 용무가 무엇인지 짐작도 할 수 없었네. 내용을 보자 궁금증은 더해만 갔네. 편지 내용은 이렇다네.

친애하는 라니언

자네는 나의 가장 오랜 친구들 중 하나지. 비록 학문적인 문제에 있어서는 가끔 우리의 의견이 갈렸지만, 적어도 내 생각에는 우리의 우정에 금이 간 적은 한 번도 없다고 보네. 만약 자네가 나한테 "지킬, 내 목숨, 내 명예, 내 이성이 자네 손에 달려 있네."라고 했다면 난 자네를 위해서 내 재산, 아니 내 왼팔이라도 잘라 주었을 것일세. 라니언, 내 목숨, 내 명예, 내 이성이 자네한테 달려 있네. 만약 오늘 밤 자네가 내 부탁을 들어주지 않는다면, 나는 끝장이네. 여기까지 편지 첫머리를 읽어 보고 어쩌면 자네는 내가 뭔가 불명예스러운 일을 부탁하려 한다고 생각할지도 모르겠네. 판단은 자네 스스로 내려 보게.

오늘 밤의 다른 약속은 모두 뒤로 미루어 주게. 설사 침실에서 황제를 배알해야 할 일이 있더라도 말이야. 그리고 당장 마차를 잡아 타게. 자네 집 마차가 당장 출발할 수 있도록 문 앞에 서 있지 않다면 말이네. 이 편지를 손에 쥐고 가서 읽으면서, 마차를 타고 곧장 우리 집으로 가게나. 우리 집 집사인 풀에게도 지시를 내려 두었네. 풀이 열쇠장이와 함께 자네가 도착하기를 기다리고 있을 걸세.

그다음, 내 방의 문을 억지로라도 열게. 방 안에는 자네 혼자만 들어가야 하네. 그다음 방 왼쪽에 있는, 유리가 끼워져 있는 서랍장을 열게. E라는 표시가 있네. 만약 잠겨 있으면 자물쇠를 부셔 버리게나. 위로부터 네 번째 서랍, 아니면 바닥으로부터 세 번째 서랍(둘이 같은 서랍이네)을 내용물이 들어 있는 상태 그대로 꺼내게. 지금 난 숨도 제대로 쉴 수 없는 상태라 혹시 자네에게 잘못 가르쳐 주지나 않는 것인지 몹시 걱정이 되네. 하지만 내가 실수를 했다 하더라도, 내용물을 보면 그 서랍을 제대로 찾을 수 있을 걸세. 가루약 조금하고 약병 하나, 그리고 공책 한 권이 들어 있는 서랍이네. 이 서랍을 그 상태 그대로 고스란히 캐번디시 단지에 있는 자네 집으로 가져가게.

여기까지가 첫 번째 부탁이네. 이제 두 번째 부탁이네. 자네가 이 편지를 받자마자 움직였다면, 틀림없이 자정이 되기 훨씬 전에 자네 집에 다시 도착해 있을 걸세. 하지만 자네한테 자정까지는 시간 여유를 주겠네. 불가피하거나 예기치 못한 사건이 일어나 시간이 지연될까 불안하기도 하거니와, 나머지 일을 하기 위해서는 자네 집 하인들이 모두 잠자리에 든 시간이 더 좋기 때문이기도 하네. 자정이 되면, 자네 진찰실에 혼자 있기를 부탁하네. 그래서 한 남자가 나타나 내 이름을 대면, 자네가 직접 그를 맞이하고, 자네가 내 연구실에서 가져간 서랍을 그 사람한테 건네주게. 그러면 자네가 할 일은 끝이고, 나는 진정으로 고마워할 걸세.

자네가 굳이 설명이 필요하다면, 5분만 기다리게. 그러면 이 일이 왜 그렇게 중요한지 이해하게 될 걸세. 그리고 이상하게 들릴 내 부탁을 하나라도 소홀히 여긴다면, 자네는 내가 죽거나 미치게 되는 것에 대해 양심의 가책을 느낄 수밖에 없게 되리라는 것을 알게 될 걸세.

자네가 내 간청을 대수롭지 않게 무시해 버리지 않을 거라고 믿네만, 만의 하나 그럴 수도 있다는 생각만으로도 가슴이 철렁 내려앉고 손이 떨린다네. 지금 이 시간 낯선 장소에서 더할 나위 없는 괴로움에 시달리고 있는 나를 생각해 주게. 그렇지만 자네가 내 부탁을 정확히 들어주기만 한다면 내 모든 괴로움은 이미 끝난 이야기처럼 완전히 사라져 버릴 것이라는 걸 명심하게. 친애하는 라니언, 제발 내 부탁을 들어주게. 자네의 친구를 구해 주게.

18○○년 12월 10일
자네의 벗 H. J.

*추신: 이 편지를 봉투에 넣자마자 새로운 걱정거리가 생겼네. 우체국에서 제시간에 배달하지 못하면, 이 편지가 내일 아침까지 자네 손에 못 들어갈 가능성도 있군. 친애하는 라니언, 그런 경우가 생기면, 편지를 받은 그날 하루 중 자네한테 가장 편한 시간에 내가 부탁한 일들을 해 주게나. 그리고 자정이 되면, 내 심부름꾼을 기다려 주게나. 어쩌면 그때는 너무 늦을지도 모르겠네. 만약 아무 일도 없이 그날 밤이 지나간다면, 이게 헨리 지킬의 마지막이었다고 알아주게나.

이 편지를 읽자마자, 나는 지킬이 제정신이 아니라고 확신했네. 하지만 단순한 의심을 넘어 확증을 얻을 때까지는 일단 그의 부탁을 들어주어야 한다고 느꼈지. 횡설수설하는 편지 내용을 제대로 이해할 수 없으니, 그 편지가 얼마나 중요한 것인지 판단할 수 있는 입장도 못 되고 말이야. 그렇게 간절하게 써 내려간 부탁인데

막중한 책임감을 느끼지 못한 채 그냥 제쳐 둘 수도 없는 노릇 아닌가.

그래서 난 자리에서 일어나 이륜마차를 타고 곧바로 지킬의 집으로 갔네. 집사가 나를 기다리고 있더군. 집사도 같은 우체국에서 부친 등기 우편으로 지시를 받고 즉시 열쇠장이와 목수를 부르러 보냈더군. 우리가 얘기를 나누고 있는데 그들이 도착했네. 우리는 다 함께 예전에 덴먼 박사의 수술실이었던 곳으로 갔네. 그곳은 자네도 틀림없이 알고 있을 테지만 지킬의 개인 연구실로 들어가기에 가장 편한 곳이지.

문은 아주 튼튼했고, 자물쇠는 매우 견고했네. 목수의 말이, 문을 억지로 열려고 들면 힘도 많이 들고 문도 많이 망가질 것이라고 하더군. 열쇠장이도 혀를 내둘렀어. 하지만 다행히 열쇠장이의 손재주가 좋아서 두 시간 만에 겨우 문을 열었네. E라는 표지가 붙어 있는 서랍장은 잠겨 있지 않더군. 나는 서랍을 꺼내서 밀짚으로 속을 채운 다음 시트로 싸서 캐번디시 단지로 돌아왔네.

집에서 나는 서랍의 내용물을 살펴보았네. 가루약은 꽤나 깔끔하게 만들어져 있었지만 약사의 정밀한 솜씨는 아니었네. 그러니 지킬이 직접 만든 것이 분명했네. 포장된 것 하나를 꺼내서 열어 보니, 흰색 소금 결정 같은 것이 들어 있더군.

다음으로 유리병을 살펴보았네. 병에는 피처럼 진한 붉은색 액체가 반쯤 차 있었는데, 코를 찌르는 자극적인 냄새가 나는 게, 내가 보기에는 인과 휘발성 에테르가 들어 있는 것 같았네. 그 밖에 어떤 다른 성분들이 들어 있는지는 전혀 짐작할 수 없었네.

공책은 그냥 평범한 것이었는데, 일련의 날짜들을 빼고는 적혀 있는 게 거의 없더군. 기록은 수년에 걸쳐 계속되다가, 일 년 전쯤에서 갑자기 뚝 끊겨 있었네. 날짜 아래에는 여기저기 간단한 말이 적혀 있었는데, 대개 한 단어였어. 다 합하면 수백 개가 되는 날짜 목록에서 '두 배'라는 단어가 여섯 번쯤 나왔네. 아주 초기에 쓴 목록에서 감탄사가 여러 개 붙은 '완전히 실패!!!'라는 말이 한 번 나오더군. 이것저것 모두 나의 호기심을 자극하긴 했지만, 결정적인 것을 말해 주는 것은 별로 없었네.

자, 여기 팅크[+]가 든 유리병, 종이에 싼 소금, 그리고 지킬이 하는 연구가 대부분 그렇듯이 실용적으로는 아무짝에도 쓸모없는 일련의 실험 기록이 있네. 우리 집에 와 있는 이런 물건들이 도대체 어떻게 잔뜩 흥분해 있는 내 친구의 명예나 온전한 정신, 또는 목숨을 좌우할 수 있단 말인가? 심부름꾼을 보낼 수 있는 상황이라면 왜 지킬이 직접 움직이지는 못하는 걸까? 그리고 설사 그럴 만한 사정이 있다고 해도 왜 내가 지킬의 심부름꾼을 비밀리에 만나야

✛ 팅크 : 동식물에서 얻은 약물이나 화학 물질을, 에탄올 또는 에탄올과 정제수의 혼합액으로 흘러나오게 하여 만든 물약.

하는 걸까? 생각을 하면 할수록 나는 지킬이 정신 질환을 앓고 있는 게 틀림없다고 믿게 되었네. 그래서 지킬이 부탁한 대로 하인들을 잠자리로 보내긴 했지만, 낡은 권총에 장전을 해 두었지. 나 자신을 방어해야 할 경우가 생길 수도 있으니까.

런던 시내에 자정을 알리는 종이 울리자마자, 문을 조심스럽게 두드리는 소리가 들렸네. 내가 직접 현관으로 나가 보니, 몸집이 조그만 사내가 현관 기둥에 기대어 웅크리고 있더군.

내가 물었지.

"지킬 박사가 보낸 사람입니까?"

그는 어색한 몸짓을 하면서, "네."라고 대답했어. 내가 안으로 들어오라고 하자, 그는 두리번거리며 어둠에 싸인 동네를 휘둘러본 다음에야 내 말을 따르더군. 그리 멀리 떨어지지 않은 곳에서 경찰관 한 명이 휴대용 램프를 들고 다가오고 있었지. 내 생각에는 그것을 보고 그 사내가 깜짝 놀라 서둘렀던 것 같네.

고백하건대, 이런 것들 하나하나가 나한테는 눈에 거슬리더군. 그래서 그를 뒤따라 불이 환하게 켜진 진찰실로 돌아오면서 나는 언제라도 쏠 수 있도록 권총에 손을 대고 있었지. 이곳에서 나는 그를 제대로 볼 수 있었네. 그전에는 그를 확실하게 눈여겨볼 기회가 없었지. 아까도 말했듯이, 몸집이 조그맣더군. 그리고 소름 끼치는 얼굴 표정, 그리고 아주 힘찬 몸동작과 그에 어울리지 않게 쇠약해 보이는 체격이 눈에 띄었네. 마지막으로 그가 자아내는 이상하고 독특한 불안감이 느껴졌네. 몸이 경직되기 시작할 때의 느낌과 비슷하다고나 할까. 내 맥박이 두드러지게 약해지는 느낌이 들었네. 당시에는 그런 느낌을 나의 개인적인 혐오감 정도로 치부했었네. 다만 그런 증상이 너무 심하게 나타나는 게 의아할 따름이었지. 그러나 시간이 흐를수록 나는 그런 느낌의 원인이 인간 본성의 훨씬 더 깊은 곳에 있다는 것, 그리고 증오의 법칙보다는 훨씬 더 차원 높은 본질적인 것에서 비롯되었다는 것을 믿을 만한 근거를 찾게 되었다네.

처음 들어올 때부터 구역질 나는 별종이라는 생각밖에 들지 않았던 그 사내는 보통 사람이라면 비웃음을 살 만한 옷차림을 하고 있었네. 옷 자체는 값비싸고 점잖은 것이었지만 어느 한 군데 빼놓지 않고 그에게는 너무 컸거든. 바짓단은 땅에 닿지 않도록 둘둘 말아 올렸고, 코트는 허리선이 허벅지 아래까지 내려온 데다, 칼라는 꼴사납게 어깨를 뒤덮고 있었지. 이상하게 들리겠지만, 그렇게 우스꽝스러운 옷차림을 보고도 나는 웃음이 나오지 않았네. 오히려 내가 마주하고 있던 그 사내에게서 본질적으로 뭔가가 이상하고 잘못되었다는 느낌이, 사람을 옥죄고 놀라게 하는 불쾌감 같은 게 느껴졌기 때문에 이상한 차림새가 오히려 잘 어울리고, 나아가 그런 느낌을 더욱 강화하는 것으로 보였지. 그래서 그 남자의 사람

됨과 성격에 대한 관심뿐만 아니라, 그의 출신이나 삶, 재산, 세상에서의 지위에 대해 궁금증이 생겼네.

아주 길게 쓰긴 했지만, 사실 이런 것들을 관찰하는 데에는 몇 초도 안 걸렸다네. 그 방문객은 확실히 음울한 흥분에 휩싸여 있었지.

그가 큰 소리로 말했어.

"그것을 가지고 있습니까? 그것을 가지고 있냐고요?"

그는 무척 조바심을 내며, 내 팔을 잡고 흔들기까지 하더군.

그가 내 몸에 손을 대자 얼음처럼 섬뜩한 느낌이 혈관을 따라 흐르는 것 같아 나는 그의 손길을 급히 뿌리쳤네. 그러면서 이렇게 말했지.

"이보시오, 선생. 우리가 처음 만난 사이라는 것을 잊으신 것 같소. 일단 거기 좀 앉으시오."

그러고는 내가 먼저 시범이라도 보이는 것처럼 늘 앉던 내 자리에 앉았네. 그리고 평소에 환자를 대하듯이 하려고 했지. 하지만 늦은 시간인 데다, 원래 이 일에 대해 가지고 있던 선입견도 있고, 또한 그 사내에 대한 공포 때문에 그렇게 하기가 쉽지는 않았네.

"죄송합니다. 라니언 박사님."

그가 꽤 공손한 태도로 대답하더군.

"지당하신 말씀입니다. 조급한 마음이 들어서 그만 결례를 했습니다. 박사님의 친구이신 헨리 지킬 박사의 부탁을 받고 중요한 용건으로 찾아오게 되었습니다. 제가 알기로는……."

그는 갑자기 말을 멈추고 손을 목에 갖다 대더군. 침착한 태도에도 불구하고 히스테리를 애써 억누르고 있다는 것을 알 수 있었네.

"제가 알기로는, 서랍을……."

그가 안절부절못하는 모습이 안쓰러워 보였네. 그리고 점점 커지는 내 호기심도 안쓰럽긴 마찬가지였네만.

"저기 있소, 선생."

내가 서랍을 가리키며 말했네. 시트로 싸인 서랍은 탁자 뒤 마룻바닥에 있었네.

그는 자리에서 벌떡 일어나 그쪽으로 가더니, 갑자기 멈칫했네. 그리고 손을 가슴에 얹더군. 턱이 경련을 일으키면서 이를 으드득 가는 소리가 나는 게 들렸네. 그의 얼굴은 차마 눈 뜨고 볼 수 없을 정도로 무시무시한 표정을 짓고 있어서 나는 저러다 그가 죽거나 미쳐 버리는 것은 아닌지 걱정이 되기 시작했네.

"진정하시오."

내가 말했네.

그는 나를 향해 소름 끼치는 미소를 쓱 한 번 짓더니, 절망감 속에서 어떤 결심을 한 듯, 서랍을 싼 시트를 잡아 뜯었네. 내용물을 확인한 그가 안도감에 큰 소리로 흐느껴 우는 바람에 나는 넋이 다

나갈 지경이었네. 다음 순간, 꽤 진정된 목소리로 그가 물었네.

"눈금이 있는 유리컵이 있습니까?"

나는 다소 힘겹게 자리에서 일어나 그가 부탁한 것을 갖다주었네.

그는 웃음을 띠며 고개를 끄덕여 고맙다고 하고는 붉은 팅크 액체를 약간 따르더니 가루약 한 봉을 섞었네. 그러자 처음에는 붉은 빛을 띠던 그 혼합물은 결정이 녹기 시작하면서 이내 밝은색으로 변하더니 부글부글 끓어오르며 약간의 수증기를 내뿜었다네. 그러더니 갑자기 끓는 걸 멈추고 아주 짙은 자주색으로 바뀌었다가 다시 서서히 연한 초록색으로 변하더군. 이 변형 과정을 뚫어져라 지켜보던 그가 이윽고 미소를 짓더니 유리컵을 탁자에 내려놓고 몸을 돌려 나를 요모조모 뜯어보듯이 바라보더군.

그가 말했네.

"자 이제, 남아 있는 문제를 처리해야겠군요. 과연 선생님이 현명한 분일지? 과연 올바른 판단을 내릴지? 제가 손에 쥐고 있는 이 컵에 든 것을 마셔 버리고 아무런 설명도 없이 이 집을 떠나도 괜찮겠습니까? 아니면 거부할 수 없는 호기심에 휩싸여 있으신가요? 대답을 하기 전에 신중하게 생각하세요. 선생님의 결정대로 따를 테니까요. 선생님의 판단에 따라, 선생님은 예전과 다름없이 살 수 있습니다. 더 부자가 되거나 더 큰 지식을 얻진 못하겠지만, 죽을 정도로 괴로워하는 사람에게 도움의 손길을 내밀었다는 것만으로도 선생님은 영혼의 자양분을 얻겠지요. 아니면 선생님이 선택하기에 따라서 새로운 지식의 영역, 그리고 명성과 권력을 거머쥐게 될 새로운 길이 선생님 앞에 펼쳐질 수도 있습니다. 바로 여기 이방에서, 지금 당장 말입니다. 사탄이 존재하지 않는다는 믿음을 흔들어 놓을 엄청난 일을 두 눈으로 보시게 될 겁니다.”

“이보시오……..”

나는 속으로는 전혀 그렇지 않았지만 겉으로는 태연한 척하며 말을 이었네.

“무슨 수수께끼 같은 소리요. 그리고 당신도 아마 잘 알 거요. 내가 당신 말을 그다지 믿지 않는다는 걸. 하지만 결말을 보지 않고 멈추기에는 나도 이해할 수 없는 이 일에 너무 많이 개입한 것 같소이다.”

“좋습니다. 라니언 선생, 당신의 약속을 잊지 않았겠지요, 지금부터 일어나는 일은 직업 윤리를 걸고 비밀로 해야 한다는 걸. 오랜 세월 동안 가장 편협하고 가장 물질적인 입장을 취해 왔던 당신, 신비의 명약의 효험을 비웃었던 당신, 당신보다 똑똑한 사람을 조롱했던 당신, 자 이제 당신의 두 눈으로 똑똑히 보시오!”

그는 유리컵을 입에 대더니 단숨에 들이켰네. 곧바로 비명이 터져 나왔네. 그는 비틀비틀 휘청휘청하다가 탁자를 붙잡고는 충혈된 눈을 부릅뜨고 입을 벌린 채 숨을 가쁘게 몰아쉬었네. 그런 그를 바라보고 있는데, 어떤 변화가 일어나는 게 아니겠는가. 그의 몸이 부풀어 오르는가 싶더니, 얼굴빛이 갑자기 시커멓게 변하면서 몸이 녹고 모습이 바뀌기 시작했네. 그 순간 나는 자리에서 벌떡 일어나 벽을 향해 뒷걸음치며 그 괴물이 다가오지 못하도록 팔을 휘저었네. 나는 무시무시한 공포에 휩싸였지.

"오, 하느님!"

나는 몇 번이나 되풀이해서 그 소리를 질러 댔네. 바로 내 눈앞에 헨리 지킬이 창백한 얼굴로 몸을 덜덜 떨면서 반쯤 넋이 나간 듯 두 손으로 앞을 더듬으며 마치 죽었다 살아난 사람처럼 서 있는 게 아니겠는가!

그 뒤에 한 시간 동안 지킬이 나에게 들려준 이야기는 여기에 옮기고 싶지도 않네. 난 분명 내 눈으로 봤고, 내 귀로 들었네. 그리고 그로 인해 내 영혼은 병이 들었네. 그 광경이 내 눈앞에서 사라진 뒤에도, 나는 내가 본 것을 믿어야 할지 말아야 할지 모를 지경이었네. 내 삶은 뿌리째 흔들렸고, 나는 잠을 이룰 수가 없었네. 밤낮을 가리지 않고 한시도 빼놓지 않고 무시무시한 공포감이 나를 짓눌렀네.

이제 내 삶이 얼마 남지 않았다는 것을 느낄 수 있네. 나는 곧 죽을 거야. 내가 본 것을 믿지 못한 채 죽게 되겠지. 지킬이 설사 참회의 눈물을 흘린다 하더라도, 베일이 벗겨진 지킬의 비열한 행위

를 떠올릴 때마다, 그게 설사 기억 속이라 하더라도, 나는 두려움
을 떨쳐 버릴 수가 없네. 어터슨, 한 가지만 말하겠네. 믿기지 않겠
지만, 이 사실 하나면 충분하네. 그날 밤 우리 집으로 들어온 괴물
은, 지킬이 고백한 바에 따르면, 커루 살인 사건의 범인으로 전국
에 수배된 하이드라는 사람이라네.

헤이스티 라니언

헨리 지킬의
최후 진술

나는 18○○년 부유한 가문에서 태어났다. 게다가 천성적으로 근면한 성격과 또래들 중에서도 현명함과 선량함을 유난히 존경하는 기질을 타고났다. 그래서 누구나 짐작할 수 있듯이, 명예롭고 훌륭한 미래가 보장되어 있었다.

그런데 나한테는 아주 나쁜 결점이 하나 있었으니, 그것은 쾌락을 추구하고 싶은 욕구를 주체하지 못한다는 것이었다. 많은 사람들의 경우, 이런 성격 덕분에 행복하게 지내기도 한다. 그러나 나의 경우는 그런 성향을 나의 다소 오만한 욕구, 즉 고상한 것을 추구하고 사람들 앞에서 남들보다 진중한 모습을 보여 주고 싶어 하는 욕구와 조화시키기가 무척 어려웠다. 그래서 나는 사람들 몰래 쾌락을 추구했다. 그 결과, 내가 철이 들어 주변을 돌아보게 되고, 세상에서 나의 이력과 지위를 가늠해 볼 만한 나이가 되었을 때, 나는 이미 이중생활에 푹 빠져 있었다.

나로서는 죄책감을 느끼는 그런 난잡한 생활을 자랑스럽게 떠벌리는 사람도 많을 것이다. 그러나 스스로 높은 이상을 설정한 나는 그런 일들에 엄청난 수치심을 느껴 다른 사람들에게 숨겨 왔다. 그래서 따지고 보면 지금의 나를 만든 것은 수준 낮은 어떤 결점이라기보다는 오히려 강박 관념에 가까운 나의 야심이라 할 수 있다. 인간의 이중적인 성격을 구분하기도 하고 통합하기도 하는 선과 악의 영역 사이의 골이 나에게는 대부분의 사람들에게 있어서 보다 훨씬 깊었던 것이다.

이런 상황에서, 나는 불가피하게 모든 종교의 뿌리가 되고 모든 고뇌의 원천이 되는 삶의 가혹한 규칙에 대해 깊이 숙고해 보지 않을 수 없게 되었다. 비록 이중생활에 푹 빠져 있었지만, 그렇다고 내가 위선자는 아니었다. 나의 양면은 모두 지극히 정직했다. 자제심을 벗어던지고 수치스러운 일에 뛰어들었을 때나, 밝은 햇빛 아래에서 학문에 정진하고 슬픔과 어려움에 빠진 사람들을 도울 때나, 나는 나 자신이었을 뿐이다.

그런데 신비주의적이고 초월적인 주제에 경도되어 있던 나의 학문의 방향이 우연찮게도 나의 분신들 사이에 끊임없이 일어나고 있던 다툼에 반응을 일으켰고 새로운 빛을 던지게 되었다. 매일 나는 지혜의 양면인 도덕과 지성이라는 측면에서 그 진리에 점점 더 가까이 다가갔다. 그리고 그 진리를 부분적으로 발견하게 되면서

부터 나는 지금까지 이렇게 끔찍한 파멸이라는 운명을 맞이하게 된 것이다.

그 진리란 다름이 아니라 인간은 본래 하나가 아니라 두 개의 존재라는 것이다. 내가 여기서 '두 개의 존재'라고만 말하는 것은 나의 지식의 한계 때문이다. 나의 생각에 동조하는 사람들이 뒤따를 것이고 그들은 나를 넘어설 것이다. 나는 궁극적으로 인간이 서로 모순되고 독립적인 다양한 개체들이 모인 조직체와 같다는 것이 밝혀질 것이라고 감히 추측해 본다.

내 경우에는, 나의 삶을 돌이켜 보건대, 두 개의 존재 가운데 한 방향으로만, 절대적으로 한 방향으로만 나아갔던 것 같다. 내가 인간의 근본적이고 완전한 이중성을 인지하게 된 것은 도덕적 차원에서였고, 그것도 개인적인 경험을 통해서였다. 내 의식의 영역 안에서 다투고 있는 두 가지 성격은 모두 근본적으로 나 자신이기 때문에, 둘 가운데 어느 하나를 짚어 '나'라고 해도, 둘 다 옳은 말이 된다는 것을 알게 되었다.

아주 오래전부터 나는 이러한 이중적인 요소들을 분리시키는 생각을 기분 좋은 백일몽처럼 즐겼다. 그러한 기적 같은 일이 가능함을 나의 학문적 발견이 분명하게 암시하기 오래전부터 말이다. 나는 내 스스로에게 말했다. 만약 이중적인 요소를 각자 다른 개체로 분리할 수 있다면 인생의 견디기 어려운 모든 괴로움을 덜 수 있을 것이라고. 악한 본성은 고결한 쌍둥이인 포부와 양심의 가책에서 해방되어 제 갈 길을 가면 될 것이라고. 그리고 착한 본성은 이질적인 악한 본성이 저지르는 불명예스러운 일을 접하고 괴로워하거나 참회할 필요 없이 그에게 기쁨이 되는 좋은 일들을 하면서 위로 향하는 길을 안정적으로 꾸준히 걸을 수 있을 것이라고. 서로 어울리지 않는 장작들이 한 다발로 묶여 있는 것, 양심이라는 번민에 찬 자궁에서 극과 극인 쌍둥이가 끊임없이 싸워야 하는 것이야말로 인간에게 내려진 저주라고.

그렇다면 어떻게 이 두 본성을 분리할 수 있을까?

앞에서 언급했던 것처럼, 이 문제를 해결할 수 있는 실마리를 찾은 것은 연구실 탁자에서였다. 우리를 둘러싸고 있는 육체라는 것이 겉으로 보기에는 아주 견고해 보이지만 실은 안개처럼 덧없고 실체가 없이 불안정하다는 사실을 나는 그 누구보다도 깊이 깨닫기 시작했다. 나는 어떤 화학 약품이 우리의 겉옷과 같은 육체를 바람에 날리는 천막처럼 뒤흔들어 바꿔 놓을 수 있다는 것을 발견했다.

두 가지 이유 때문에 나는 이 고백의 글에서 과학적인 부분에 대해서는 깊이 들어가지 않으려고 한다. 첫째, 운명과 삶의 짐을 어깨에 짊어져야 하는 것은 인간의 숙명이며, 그것을 떨쳐 버리려 할수록 더욱 낯설고 무서운 압력으로 되돌아온다는 사실을 깨닫게 되었기 때문이다. 둘째, 앞으로 내 이야기를 통해 명백하게 밝혀지겠지만(아 슬프도다!), 내 발견은 불완전한 것이었기 때문이다.

따라서 다음과 같은 정도만 말해 두겠다. 나는 타고난 나의 육체가 내 영혼을 구성하는 힘들이 발산하는 독특한 기운과 광채에 불과하다는 것을 인식했을 뿐만 아니라, 이러한 힘들이 우위를 상실하고 두 번째 형태와 외양으로 대체되도록 만들 수 있는 약품을 조제하기에 이르렀다. 물론 새로운 형태와 외양이라는 것도 내가 보기에는 자연스러웠다. 그 형태와 외양이 나의 영혼 속에 있는 보다 저급한 요소들의 표현이며 특징들의 반영이기 때문이다.

이 이론을 실제 실험으로 옮기기까지 나는 무척이나 오랫동안 망설였다. 죽을 수도 있다는 것을 나는 잘 알고 있었다. 인간 존재의 견고한 외피를 그렇게 강력하게 뒤흔들 수 있는 약이라면 조금이라도 과용하거나 투약 시간을 조금만 놓쳐도 내가 변형시키고자 하는 보잘것없는 육체를 돌이킬 수 없이 망가뜨릴지도 모를 일이기 때문이었다.

그러나 유례가 없는 심오한 발견에 대한 유혹은 결국 이러한 경각심마저 떨쳐내 버렸다. 팅크 용액은 이미 오래전에 준비해 두고 있었다. 나는 약품 도매상에서 특수한 소금을 대량으로 구입했다. 나는 여러 번의 실험을 통해 그 소금이 실험의 성공에 필요한 마지막 재료라는 것을 알고 있었다. 어느 저주 받은 깊은 밤, 나는 재료들을 섞고 유리컵에서 그것들이 연기를 내뿜으며 끓는 것을 지켜보았다. 그리고 화학 반응이 멈추었을 때, 용솟음치는 용기를 느끼며 나는 그 약을 단숨에 마셔 버렸다.

온몸이 부서지는 것 같은 고통이 뒤따랐다. 뼈가 갈리는 듯했고, 죽을 것 같은 구역질이 났으며, 그리고 태어나는 순간이나 죽음을 맞이하는 순간보다 더한 공포가 느껴졌다. 그러다 갑자기 이런 고통이 빠르게 가라앉고 마치 중병에서 회복된 것처럼 몸이 가뿐해졌다. 뭔가 이상하고 낯선 감정이 느껴졌다. 믿을 수 없을 정도로 새롭고, 그 새로움으로부터 믿을 수 없을 정도로 달콤한 기분이 샘솟았다. 내 몸이 더 젊어지고 더 가벼워지고 더 행복해진 느낌이었다. 내 안에서는 분별없는 무모함이 느껴졌고, 난잡하고 관능적인 영상들이 물레방아를 돌리는 물처럼 나의 상상 속에서 줄달음치고 있었으며, 의무의 속박에서 해방된 기분과 미지의, 하지만 순수하지 않은 영혼의 자유로움이 느껴졌다.

이 새로운 삶의 첫 호흡을 하는 순간부터 나는 내가 열 배는 더 사악해졌고, 내가 원래부터 가지고 있던 악한 본성의 노예가 되었다는 것을 깨달았다. 그런 생각이 든 순간 나는 포도주에 취한 것처럼 흥분과 기쁨에 휩싸였다. 이런 느낌의 신선함에 들떠 손을 이리저리 뻗치던 나는 문득 키가 줄어들었다는 사실을 깨달았다.

그 당시 내 연구실에는 거울이 없었다. 이 글을 쓰고 있는 지금

내 옆에 있는 거울은 나중에 이 변신을 확인하려고 가져다 놓은 것이다. 어느덧 밤이 깊어 아직은 캄캄하지만 새로운 하루의 시작을 잉태한 새벽이 거의 되어 가고 있었다. 집안 식솔들이 모두 가장 깊은 잠에 빠져 있을 시간이었기에, 희망과 승리감에 젖은 나는 새로운 모습으로 침실까지 가는 모험을 감행했다. 나는 안뜰을 가로질렀다. 별들이 나를 내려다보고 있었다. 밤새 불침번을 서는 별들도 생전 본 적이 없는 새로운 종류의 존재에 놀라고 있는 것만 같았다. 나 자신의 집에서 낯선 사람이 되어 버린 나는 복도를 살금살금 걸었다. 내 방에 도착해서, 나는 처음으로 에드워드 하이드의 모습을 보게 되었다.

지금부터 하는 얘기는 단순히 이론적인 것임을 밝혀 두는 바이다. 즉 내가 알고 있는 것이 아니라 가장 가능성이 높다고 생각하는 것을 얘기하는 것이다. 지금 나의 변신을 결정한 내 본성의 악한 부분은 막 없애 버린 착한 부분에 비해 약하고 덜 발달했던 것 같다. 다시 한번 말하지만 여태까지의 나의 삶은 90퍼센트 정도가 노력, 미덕, 절제로 이루어졌기 때문에, 악한 본성은 활동이 훨씬 덜했고 소모된 부분도 적었다. 그런 이유 때문에 에드워드 하이드는 헨리 지킬보다 훨씬 작고 호리호리하고 젊은 모습이었다고 생각한다. 지킬의 외모에 선이 빛을 발하고 있다면 하이드의 얼굴에는 악이 크고 뚜렷하게 드러나 있었다. 그 밖에도 내가 아직도 인간의 치명적인 면이라고 믿고 있는 악은 몸에 기형과 부식의 흔적을 남겼다.

그럼에도 거울에 비친 추한 형상을 보았을 때 나는 혐오감보다는 펄쩍 뛰어오를 듯한 기쁨을 느꼈다. 그 모습 역시 나 자신이었다. 그 모습은 자연스럽고 인간적으로 보였다. 내 눈에는 그 모습이 더욱 활기찬 정신의 이미지를 가지고 있었으며, 내가 여태까지 나 자신이라고 부르는 데 익숙해 있던 불완전하고 분열된 헨리 지킬의 모습보다 더욱 명확하고 순수해 보였다.

이 점에 관한 한 내 생각이 맞았다. 내가 에드워드 하이드의 모습을 하고 있을 때면 처음 나를 접하는 사람들은 누구나 의심과 불안을 드러냈다. 이것은 우리가 만나는 모든 인간에게는 선과 악이 뒤섞여 있지만 에드워드 하이드는 인류 가운데 오직 하나뿐인, 순수한 악으로만 이루어진 존재이기 때문일 것이다.

나는 거울 앞에서 오래 꾸물거릴 시간이 없었다. 두 번째이자 결정적인 실험을 해야 했기 때문이다. 본래의 모습을 되찾지 못하고 내 신분을 잃어버린다면 날이 채 밝기 전에 더 이상 나의 집이 아닌 이 집에서 달아나야 할지 확인해야 했던 것이다. 나는 서둘러 연구실로 돌아와 다시 한번 약을 준비해 들이켰다. 또다시 지독한 고통을 겪은 다음, 다시 한번 나는 헨리 지킬의 성격과 키와 얼굴을 가진 나로 돌아왔다.

그날 밤 나는 운명의 갈림길에 서 있었다. 좀 더 고귀한 정신을 가지고 내 발견에 접근했더라면, 그리고 원대하고 경건한 포부를 가지고 그 실험을 감행했더라면, 모든 것이 달라졌을 것이다. 나는 이 죽음과 탄생의 몸부림 가운데, 악마가 되는 대신 천사가 되었을 것이다. 그 약 자체는 어느 편도 아니었다. 그 약은 악마적인 것도 신성한 것도 아니었다. 다만 그 약이 내 마음속에 존재하는 감옥의 문을 뒤흔들었을 뿐이고, 그 속에 있던 것이 빌립보†의 포로들처럼 뛰쳐나왔다. 그 당시 나의 선한 부분은 깜빡 잠이 들어 있었고, 악한 부분이 사납게 깨어나 재빨리 뛰쳐나와 기회를 움켜잡았던 것이다.

그 결과로 나타난 것이 에드워드 하이드였다. 그리하여 비록 지금은 내가 두 개의 외모와 두 개의 인격을 가지고 있다 하더라도, 한쪽은 완전한 악이고 다른 한쪽은 바꾸거나 개선하는 것을 포기한 분열된 복합체인, 예전의 헨리 지킬이다. 따라서 나는 완전히 더 나쁜 쪽으로만 움직였던 셈이다.

그 당시에 나는 학문에만 힘쓰는 무미건조한 생활에 대한 반감을 극복하지 못하고 있었다. 나는 여전히 가끔 쾌락을 추구하고 싶었다. 그 쾌락은 아무리 좋게 말하더라도 품위 있는 것이라 할

수 없었다. 게다가 나는 유명하고 존경 받는 사람이었을 뿐만 아니라 나이도 먹을 만큼 먹어 이러한 내 삶의 모순이 점점 더 달갑지 않게 느껴졌다. 내가 새로이 얻게 된 변신의 힘에 노예 상태가 되는 지경까지 빠져들도록 유혹을 느낀 것은 바로 이런 측면 때문이었다. 약 한 컵만 마시면 저명한 교수의 육체를 한순간에 벗어던지고 두꺼운 망토를 뒤집어쓰듯 에드워드 하이드로 가장할 수 있었으니까.

처음 이 생각이 떠올랐을 때 나는 빙긋이 웃었다. 그 당시에는 재미있다고 생각했기 때문이다. 나는 세심하게 주의를 기울이며 준비를 해 나갔다. 우선 집을 하나 구해 가구를 들여놓았다. 하이드가 경찰에 잡힐 뻔한 바로 그 집이다. 그리고 성격은 사납지만 입이 무거운 사람으로 내가 알고 있는 여자를 가정부로 고용했다. 한편, 하인들에게는 하이드라는 사람의 인상을 설명해 주고 그가 내 집을 자유롭게 드나들 권한이 있다고 일러 놓았다. 그리고 불상사가 생기지 않도록 하기 위해 하인들 눈에 익도록 하이드의 모습으로 나타나기도 했다. 그다음 나는 어터슨이 그토록 반대했던 유언장을 작성했다. 지킬로서의 나에게 어떤 일이 생기더라도 재정상의 손실을 입지 않고 에드워드 하이드로서 살아갈 수 있도록 하기 위해서였다. 이렇게 만반의 준비를 마친 다음, 나는 내 지위에 대한 이 기묘한 면책권을 즐기기 시작했다.

사람들은 악당을 고용해 자기 대신 범죄를 저지르게 하기도 한다. 자신의 몸과 명성을 안전하게 보호하기 위해서이다. 그러나 오직 쾌락만을 위해 그렇게 하는 사람은 내가 처음이었을 것이다. 사람들이 보는 데에서는 한껏 존경을 받으며 활보하다, 한순간에 마치 어린 학생들처럼 겉치레를 벗어던지고 자유의 바다로 곧장 뛰어들 수 있는 사람은 내가 처음일 것이다. 하지만 내 입장에서 보면, 꿰뚫을 수 없는 외피 덕분에 나는 완벽하게 안전했다.

생각해 보라. 나는 심지어 존재하지도 않았던 것이다! 연구실 문안으로 도망치기만 하면 그만이었다. 항상 준비되어 있는 약을 섞어서 삼킬 2, 3초의 시간만 있으면 된다. 무슨 짓을 저질렀든 간에 에드워드 하이드는 거울에 서렸던 입김처럼 순식간에 사라지고 그 대신 서재에서 조용히 램프를 손질하고 있는 헨리 지킬이 나타나는 것이다. 어떤 혐의도 가볍게 웃어넘길 수 있는 헨리 지킬이.

내가 변신한 채로 탐닉했던 쾌락은, 앞에서도 말했듯이, 품위하고는 거리가 먼 것이었다. 더 심한 표현을 쓰지는 않겠다. 하지만 에드워드 하이드의 손아귀에 들어가자 나의 쾌락은 극악무도한 것으로 변하기 시작했다. 이런 짧은 유희를 끝내고 집에 돌아오면 나는 종종 하이드가 대신 저지른 사악한 행위에 일종의 두려움을 느끼곤 했다.

내가 나 자신의 영혼에서 불러내 자기 하고 싶은 대로 쾌락을 즐기도록 보내 준 이 악마는 천성적으로 사악하고 비열했다. 모든 행동과 생각이 자기중심적이었고, 야수 같은 욕망으로 어떻게든 남을 괴롭히는 쾌락을 탐닉했으며, 돌처럼 냉혹한 인간이었다.

가끔 헨리 지킬은 에드워드 하이드의 행위 앞에서 아연실색하곤했다. 그러나 상황 자체가 일반적인 경우와는 달랐고, 음흉하게도양심의 가책은 느슨해졌다. 죄를 저지른 것은 결국 하이드이지 않은가. 지킬은 더 나빠진 게 없었다. 지킬은 겉으로는 훌륭한 성품을고스란히 간직하고 있었다. 상황이 허락할 때면 하이드가 저지른죄를 제자리로 돌려놓으려고 노력하기까지 했다. 그럼으로써 지킬은 양심의 가책을 잠재웠던 것이다.

그렇게 해서 내가 눈감아 준 파렴치한 행위를(지금도 내가 그런 죄를 저질렀다는 것을 인정하기 어렵다) 자세히 이야기할 생각은 없다. 다만천벌을 받을 날이 다가오고 있다는 징조와 실제로 그런 일이 착착진행되고 있었다는 것을 지적하고 싶을 따름이다. 한 가지 사건이있었는데, 대수롭지 않은 것이기 때문에 간단히 언급만 하겠다.

한 여자아이에게 저지른 잔인한 행동이 지나가던 행인의 분노를일으켰다. 그 사람이 어터슨의 친척이라는 것을 나중에 알게 되었다. 의사와 아이의 가족이 그에게 가세했고, 나는 생명의 위협을 느꼈다. 너무도 당연한 그들의 분노를 달래기 위해 결국 에드워드 하이드는 우리 집 대문까지 사람들을 데려가서 헨리 지킬의 이름이 서명된 수표를 줘야 했다. 그 뒤로 그런 위험을 피하기 위해 나는 에드워드 하이드 이름으로 다른 은행에 계좌를 개설했다. 나는 손을 약간 뒤쪽으로 기울여 서명함으로써 나의 분신에게 새로운 서명을 주었다. 그렇게 함으로써 운명의 손길을 피할 수 있다고 나는 생각했다.

커루 경의 살인 사건이 일어나기 두 달쯤 전이었다. 나는 여느 때처럼 모험을 즐기고 밤이 깊어서야 집에 돌아왔다. 이튿날 아침 침대에서 잠이 깨자 뭔가 이상한 기분이 들었다. 주변을 둘러봤지만 별다른 건 없었다. 분명히 고급 가구가 놓여 있고 천장이 높은 내 집이었다. 마호가니 침대와 그 주변에 쳐진 커튼을 봐도 분명히 내 방이었다. 그런데도 내가 다른 곳에 있는 것 같은 느낌은 가시질 않았다. 내가 보고 있는 이곳이 아니라 에드워드 하이드의 몸으로 잠들곤 하던 소호의 작은 방에서 깨어난 것 같은 느낌이었다. 나는 내 자신에게 실소를 금할 수가 없었다. 나는 느긋한 마음으로 왜 이런 착각을 하게 되었을까 하고 생각해 보기 시작했다. 그러는 사이사이 깜빡깜빡 달콤한 아침잠에 다시 빠져들었다.

좀 더 맑은 정신으로 잠에서 깼을 때 나는 여전히 그 생각을 하다가 문득 손으로 눈길을 주었다. 헨리 지킬의 손은 어터슨이 종종 말했던 것처럼 모양으로 보나 크기로 보나 직업에 어울리는, 크고 단단하고 하얗고 멋진 손이었다. 그런데 지금 이불에 반쯤 가려진 채 런던의 아침 햇살 아래 너무나 분명하게 보이는 손은 야위 데다 힘줄과 관절이 툭툭 불거지고 거무스름하면서도 창백했으며 가무잡잡한 털이 숭숭 나 있었다. 그것은 에드워드 하이드의 손이었다.

내가 의아해하며 멍하니 그 손을 한 30초 동안이나 봤을까, 갑자기 심벌즈가 챙 울린 것처럼 가슴속에서 두려움이 확 일었다. 나는 침대를 박차고 나와 거울 앞으로 달려갔다. 거울에 비친 모습을 내 눈으로 확인한 순간, 온몸의 피가 빠져나가고 얼어붙는 것 같았다. 그렇다. 나는 헨리 지킬의 모습으로 잠이 들었는데 에드워드 하이드로 일어난 것이다. 이것을 어떻게 설명할 수 있을까, 하고 나는 스스로에게 물었다. 그리고 또 다른 두려움을 느끼면서 물었다. 이것을 어떻게 치료할 수 있을까?

날이 밝은 지는 한참이었다. 하인들은 모두 일어났고, 약은 모두 연구실에 있었다. 공포에 휩싸인 채 서 있는 이곳에서 계단을 내려가 뒤쪽 복도를 지나 안뜰을 가로지른 다음 해부실을 통과해 가는 것은 먼 길이었다. 사실 얼굴은 뭐로든 가릴 수야 있겠지만, 작아진 키까지 숨길 수는 없는 노릇이니, 그게 무슨 소용이 있겠는가?

그런데 갑자기 내 하인들이 나의 분신인 하이드가 왔다 갔다 하는 것에 이미 익숙해져 있다는 데 생각이 미쳤고, 나는 이루 말할 수 없는 안도감을 느꼈다. 나는 최대한 몸집에 맞는 옷으로 갈아입고 집 안을 통과해 갔다. 도중에 마주친 브래드쇼가 그렇게 이른 시간에 이상한 옷차림으로 나타난 하이드를 빤히 바라보더니 뒷걸음질 쳤다. 10분 뒤, 지킬은 자신의 몸을 되찾았고, 이맛살을 찌푸린 채 아침을 먹는 척하며 앉아 있었다.

입맛이 있을 턱이 없었다. 이 이해할 수 없는 사건, 예전의 경험과는 반대인 현상은 마치 벽에 글을 쓴 바빌로니아의 손가락✢처럼 내가 받을 심판의 판결문인 듯 느껴졌다. 나는 그 어느 때보다도 진지하게 나의 이중생활이라는 문제와 어떤 일들이 일어날지에 대해 심사숙고하기 시작했다.

나의 일부 가운데 변신을 결정하는 부분은 최근에 활동이 왕성하고 많이 자랐다. 요즈음 들어 갑작스레 에드워드 하이드의 키가 자란 것 같기도 하고, 내가 하이드의 몸을 하고 있을 때 이전보다 혈액 순환이 훨씬 잘되는 것처럼 느껴지기도 했다. 이런 일이 지속된다면, 내 성격의 균형이 영원히 역전되고, 내 마음대로 변할 수 있는 힘을 상실해 에드워드 하이드의 성격이 돌이킬 수 없는 나의 성격이 되어 버릴 위험성이 있다는 것을 알게 되었다.

약의 효과가 언제나 같게 나타나는 것은 아니었다. 변신을 시작했던 초기 무렵에 한 번은 완전히 실패한 적도 있었다. 그때 이후로

약의 양을 두 배로 늘려야 했던 적도 여러 번 있었고, 한번은 죽음을 무릅쓰고 세 배까지 늘려야 했던 적도 있었다. 이렇게 간혹 일어나는 불확실성이야말로 전반적으로 만족스러워하는 내 마음에 드리워진 유일한 그림자였다.

그러던 중에 일어난 그날 아침의 사건으로 인해, 나는 처음에는 지킬의 몸을 벗어 버리는 것이 힘들었지만 최근에는 차츰차츰, 그러나 분명하게 하이드의 몸을 벗어 버리기가 더 힘들어졌다는 사실에 주목하게 되었다. 모든 정황으로 보건대, 나는 본래의 나, 즉 더 나은 본성을 서서히 잃어버리고, 두 번째의 '나'이자 악한 본성을 받아들이고 있는 것 같았다.

이 두 본성 가운데, 나는 하나를 선택해야만 할 것 같은 느낌이 들었다. 그 두 가지 본성은 기억력만 공유했을 뿐, 다른 능력은 정반대였다. 때론 섬세한 감수성을, 때론 탐욕적인 방종을 보이는, 선과 악이 혼재된 인격인 지킬은 하이드의 쾌락과 모험에 자신을 투영하고 그것을 공유하기도 했다. 그러나 하이드는 지킬에게 무관심하거나 아니면 쫓기는 산적이 몸을 숨길 만한 동굴을 기억하는 정도로밖에 지킬을 기억하고 있지 않았다. 지킬이 하이드에게 여느 아버지 이상으로 관심을 가졌다면 하이드는 지킬에게 여느 아들 이상으로 무관심을 보인 셈이었다.

지킬로 사는 운명을 택하면, 나는 오랫동안 남몰래 탐닉해 왔고

최근에는 제멋대로 즐겼던 욕망에 사형 선고를 내려야 했다. 하이드로 사는 운명을 택하면, 지킬의 수많은 이익과 야심에 사형 선고를 내리고 한순간에 그리고 영원히 무시당하고 친구도 없이 지내야 하는 처지가 되어야 했다.

저울추는 누가 봐도 한쪽으로 기우는 것 같았다. 그러나 저울질을 할 때 고려해야 할 것이 또 하나 있었다. 그것은 바로 지킬은 절제의 불길 속에서 뼈아픈 고통을 느껴야 하는 반면, 하이드는 자신이 잃어버릴 그 모든 것을 아예 의식하지도 않으리라는 점이었다. 내가 처한 상황이 기묘하긴 했지만 이런 논쟁은 인간의 역사만큼이나 오래되고 흔한 것이다. 그것은 마음이 끌리면서도 떨고 있는 죄인들 누구에게나 던져지는 유혹과 경계심이 어우러진 주사위와 같은 것이다. 이제 나의 주사위도 던져졌다. 그리고 다른 수많은 인간들의 경우처럼 나는 더 나은 쪽을 택했다. 그리고 그 선택을 지킬 힘이 부족하다는 사실도 깨닫게 되었다.

그렇다, 나는 친구들에 둘러싸여 정직한 희망을 소중히 여기는, 욕구 불만의 나이 지긋한 의사의 길을 택했다. 그리고 하이드로 변신해서 즐겼던 자유와 상대적인 젊음, 가벼운 발걸음, 고동치는 맥박, 비밀스러운 즐거움에 단호하게 작별을 고했다.

이런 선택을 했지만, 무의식적으로 미련이 남아 있었던 것 같다. 소호에 있는 집을 없애지도 않았고, 에드워드 하이드의 옷들을 내다 버리지도 않았으니 말이다. 그 옷들은 지금도 옷장에 얌전히 보관되어 있다. 그러나 두 달 동안 나는 나의 결심을 충실히 따랐다. 나는 그 두 달 동안 예전에는 볼 수 없었던 절제된 생활을 했으며, 자기 긍정적인 양심이 가져다주는 보상을 누렸다.

그러나 시간이 지나자 결국 경각심은 잊혀지기 시작했고 양심이 해 주는 칭찬은 당연한 것으로 여겨지기 시작했다. 마치 하이드가 자유를 위해 몸부림이라도 치고 있는 듯 나는 고통과 갈망에 시달리기 시작했다. 그리고 의지가 약해진 어느 순간, 마침내 나는 다시 한번 변신의 약을 조제하여 마시고 말았다.

술주정뱅이가 술에 취해 자신을 합리화시킬 때 자신의 짐승 같은 육체적인 무신경 때문에 야기된 위험한 일들에는 눈곱만큼도 신경을 쓰지 않는 법이다. 마찬가지로 나 역시 오랫동안 나의 처지를 고민했음에도 불구하고, 에드워드 하이드의 주된 성격인 완전한 도덕적 무감각과 사악한 짓을 무자비하게 저지르려는 충동을 충분히 고려하지 못한 것 같다. 내가 천벌을 받아 마땅한 이유는 바로 여기에 있다.

오랫동안 우리에 갇혀 있던 나의 악마는 으르렁거리며 뛰쳐나왔다. 약을 마시는 순간 이미 나는 더욱 통제가 어렵고 더욱 사납게 날뛰는 사악한 충동에 사로잡히게 되었다. 나의 불행한 희생자가 정중하게 말을 걸어오는 소리에 내 영혼이 조급하게 울화통을 터뜨리게 된 것도 바로 그런 충동 때문이었으리라.

하늘에 걸고 장담컨대, 최소한 제정신인 사람이라면 아무것도 아닌 도발에 그렇게 흉악한 범죄를 저지를 수는 없을 것이다. 내 정신은 장난감을 부숴 버리는 어린아이의 정신 상태만큼이나 제정신이 아니었다. 나는 유혹에 빠진 가장 나쁜 사람들조차도 어느 정도는 가지고 있는 균형 감각을 내 스스로 완전히 벗어던져 버렸다. 나에게는, 아무리 사소한 유혹도 곧 몰락을 의미했던 것이다.

곧바로 지옥의 악마가 내 안에서 깨어나 날뛰었다. 참을 수 없는 기쁨을 느끼며, 나는 저항조차 못 하는 커루 경에게 뭇매를 퍼부었다. 한 대 한 대 때릴 때마다 나는 희열을 느꼈다. 극도의 광란 상태에서 갑자기 나의 심장에 차가운 공포의 전율이 흐른 것은 그렇게 마구 때리다 지쳐 갈 때였다.

광란의 안개가 걷히고 나자, 나는 내 목숨이 위험에 처한 것을 알게 되었다. 나는 극악무도한 범죄 현장에서 달아났다. 뿌듯한 마음과 떨리는 마음이 동시에 일었다. 사악한 욕망은 충족되고 한껏 고조되었으며, 삶에 대한 애착은 최고조에 달했다.

나는 소호에 있는 집으로 달려갔다. 그리고 이중 삼중으로 확실히 하기 위해 서류들을 파기했다. 그런 다음 집 밖으로 나와 가로등이 밝혀진 거리를 걸었다. 내 마음은 여전히 둘로 나누어진 흥분 상태였다. 내가 저지른 범죄에 득의양양해하면서 가벼운 마음으로 다른 범죄를 꾸미다가도, 동시에 누군가 앙갚음을 하러 오는 것은 아닌지 귀를 기울이며 서둘러 걸었다.

약을 조제하는 동안 하이드는 콧노래를 부르고, 약을 마실 때는 죽은 자에게 건배를 건네기까지 했다. 온몸이 갈기갈기 찢기는 듯한 고통이 가라앉자마자 헨리 지킬은 감사와 참회의 눈물을 흘리며 무릎을 꿇고 하느님께 기도를 올렸다.

머리끝에서 발끝까지 감싸고 있던 방종이라는 덮개가 발가벗겨지자, 나는 여태까지 내 자신이 살아온 삶을 되돌아보았다. 아버지의 손을 잡고 걷던 어린 시절부터 자신을 부정하는 고통을 감내해야 했던 의사 생활을 거쳐 오늘 밤의 저주받은 공포의 장면을 비현실적인 느낌을 가지고 몇 번이고 되풀이해서 떠올렸다. 나는 하마터면 비명을 지를 뻔했다. 그러나 그 대신 나는 눈물과 기도로 기억 속에서 자꾸만 되살아나는 끔찍한 영상과 소리를 덮어 버리려고 했다. 그러나 간절한 기도를 드리는 사이사이 내가 저지른 범죄의 추악한 얼굴이 나의 영혼을 뚫어져라 노려보고 있었다.

뼈아픈 죄책감이 잦아들기 시작하자, 기쁜 마음이 일었다. 내 행동으로 인한 문제는 이제 해결되었다. 앞으로 내 마음이 어떻게 바뀌건 간에 하이드가 다시 나타나는 일은 절대로 없을 것이다. 그리고 나는 내 존재의 선한 부분에만 머물 것이다. 아, 그런 생각을 하니 내 마음은 한없이 기뻤다! 나는 자연스러운 삶에서 오는

제약을 다시 한번 기꺼이 겸손한 마음으로 받아들이리라! 나는 신실한 맹세와 함께 그렇게 자주 드나들던 연구실 문을 잠그고 열쇠를 구두 뒤축으로 짓뭉개 버렸다.

다음 날, 커루 경의 살인 사건을 목격한 사람이 있다는 뉴스가 나왔다. 하이드가 범인이라는 게 명백해졌고, 피살자가 존경받는 사회 지도층 인사라는 사실도 알려졌다. 그것은 범죄였을 뿐만 아니라, 비극적이고 어처구니없는 일이었다.

나는 그런 사실들을 알게 되어 다행이라고 생각했다. 교수형에 대한 두려움 때문에 나의 선한 충동들이 더욱 강해지고 보호받을 수 있어 다행이다 싶었던 것이다. 지킬은 이제 나의 피난처가 되었다. 하이드가 한순간이라도 모습을 드러낸다면 모든 사람들이 그를 붙잡아 때려죽이려고 들고일어날 것이다.

나는 앞으로 과거의 죄를 선행으로 되갚아야겠다고 마음먹었다. 솔직히 말해, 이 결심은 얼마간 결실을 거두기도 했다. 작년에 내가 어려움에 처한 사람들을 도우려고 얼마나 애썼는지 어터슨은 잘 알고 있을 것이다. 그는 내가 다른 사람들을 위해 많은 일을 했다는 것과 그 기간 동안 내가 스스로 행복해하면서 조용히 지낸 것을 알 것이다.

이렇게 순수하고 남에게 베풀며 사는 생활이 나는 전혀 지겹지 않았다. 오히려 날마다 그 생활을 완벽하게 즐기고 있었다. 그러나 나에게는 여전히 저주받은 이중적인 욕구가 남아 있었다. 내 인내심을 지탱하던 첫 번째 장막이 벗겨지자, 오랫동안 탐닉해 왔지만 최근에는 사슬에 묶어 두었던 나의 저열한 부분이 꿈틀거리기 시작했다. 물론 하이드의 부활을 꿈꿨던 것은 아니다. 그런 생각을 얼핏 하는 것만으로도 깜짝 놀라 미칠 지경이었다. 아니다. 다시 한번 나의 양심을 희롱하고 싶은 유혹에 사로잡힌 것은 바로 나 자신을 통해서였다. 마침내 나는 남몰래 죄를 저지르는 여느 죄인들처럼 유혹의 공격에 무릎을 꿇었다.

모든 일에는 끝이 있으며, 더 나아갈 수 없는 한계점이 있기 마련이다. 이렇게 조금씩 조금씩 악에 굴복한 것이 결국 내 영혼의 균형을 깨뜨렸다. 그러면서도 경각심은 들지 않았다. 그 약을 발견하지 않았던 옛날로 돌아간 것처럼 그런 타락은 자연스러워 보였다.

맑게 갠 1월의 어느 날이었다. 발밑에는 서리가 녹아 질척거렸지만 머리 위로는 구름 한 점 없었다. 리젠트 공원에는 겨울새 소리가 가득했지만 봄의 향기가 달콤하게 풍겨 오기도 했다. 나는 벤치에 앉아 햇볕을 쬐고 있었다. 내 안에 있는 짐승이 기억의 고깃점을 핥고 있었고, 내 정신은 아직 시작하지 않은 또 다른 참회를 약속하며 꾸벅꾸벅 졸고 있었다. 결국 나도 내 이웃들과 다를 바가 없군, 하고 나는 생각했다. 그리고 내 자신을 다른 사람들과 비교해 보고,

또 나의 왕성한 선행을 게으르고 냉정한 이웃들의 무관심과 비교
해 보면서 미소를 지었다.

내가 그렇게 자만심에 들떠 생각에 잠겨 있던 바로 그 순간, 메스
꺼움이 느껴지는가 싶더니, 곧 지독한 구역질이 나면서 몸이 무섭
게 떨리기 시작했다. 그런 증상이 사라진 뒤엔 현기증이 뒤따랐다.
그리고 현기증이 사라지자, 내 생각과 기질이 달라져 있는 것이 느
껴졌다.

나는 더욱 대담해지고 위험을 우습게 보았으며 의무의 속박에서
해방되는 느낌이 들었다. 내 몸을 내려다보니, 오므라든 팔다리에
커다란 옷이 볼품없이 늘어져 있었다. 그리고 무릎에 놓여 있는 손
은 관절이 툭 튀어나오고 털이 무성했다. 다시 한번 나는 에드워드
하이드가 된 것이다. 방금 전까지만 해도 나는 모든 사람들의 존경
과 사랑을 받는 부유한 사람이었다. 내 집 식당에는 나를 위한 식
사도 차려져 있었다. 그런데 이제 나는 집도 없이 쫓기는 신세에,
교수형의 위협을 받는, 세상 사람들이 다 아는 살인범이자 공공의
적이 되어 있었다.

나는 제정신이 아니었지만 그래도 완전히 이성을 잃지는 않았
다. 나는 다시 한번 내가 두 번째 분신일 때 능력이 예리해지고 생
각도 유연해지는 것을 목격하게 되었다. 지킬이라면 어쩔 줄 모르
고 발만 동동 구르고 있을 상황인데도, 하이드는 그 위기의 순간에

잘 대처했다.

내 약은 연구실 서랍장에 있었다. 그것을 어떻게 손에 넣을 것인가? 머리를 쥐어짜서라도 풀어야 할 숙제였다. 연구실 문은 내 손으로 잠갔다. 집을 통해서 연구실로 들어가려 한다면 하인들이 나를 교수대로 넘길 것이다. 다른 사람의 손을 빌려야만 했다. 라니언이 떠올랐다. 라니언에게는 어떻게 연락할 것인가? 또 어떻게 설득할 것인가? 다행히 길에서 붙잡혀 경찰에 넘겨지는 것은 피한다 하더라도 어떻게 그가 있는 곳까지 갈 것인가? 알지도 못하고 혐오감만 주는 모습을 한 내가 유명한 의사인 라니언을 설득해서 동료인 지킬 박사의 연구실을 뒤지게 만든단 말인가?

그때 갑자기 내 본래의 특성 가운데 한 가지는 나에게 남아 있다는 사실을 깨달았다. 나는 지킬의 글씨체를 쓸 수 있었던 것이다. 일단 그 생각이 번뜩이자, 해야 할 일들이 처음부터 끝까지 착착 훤히 떠올랐다.

나는 즉시 최대한 단정하게 옷매무새를 가다듬고, 지나가는 마차를 불러 포틀랜드 거리에 있는 한 호텔로 갔다. 옷 속에 가려진 운명이 제아무리 비극적이라 하더라도 나의 겉모습은 사실 우스꽝스러운 모양새였는데, 그것을 본 마부가 킥킥거렸다. 나는 악마 같은 분노에 휩싸여 그를 향해 이를 뿌드득 갈았다. 마부의 얼굴에서는 웃음기가 싹 가셨다. 그에게도 다행이었지만 나에게는 더욱 천만 다행이었다. 마부가 조금만 더 웃었더라면 나는 당장 그를 마차에서 끌어내렸을 것이다.

호텔에 도착한 내가 안으로 들어가면서 어찌나 험악한 표정으로 주위를 둘러보았던지 종업원들이 모두 덜덜 떨었다. 그들은 내 얼굴에 눈길 한 번 보내지 못한 채 지시에 따랐다. 그들은 나를 방으로 안내하고 편지를 쓰는 데 필요한 물건들을 가져다주었다.

목숨을 위협받는 상태의 하이드는 나한테도 완전히 낯선 존재였다. 그는 과도한 분노에 휘둘리면서 살인 욕구에 시달리고 다른 사람들에게 고통을 가하고 싶은 욕구에 불탔다. 그러면서도 하이드는 기민했다. 엄청난 의지력으로 분노를 다스리면서 중요한 편지 두 통을 썼다. 하나는 라니언에게, 다른 하나는 풀에게 보내는 것이었다. 그리고 편지가 실제로 전해졌는지 확인하기 위해서 등기로 부치라는 지시를 하는 것도 잊지 않았다.

그런 뒤, 그는 하루 종일 손톱을 물어뜯으며 호텔방 난롯가에 앉아 있었다. 그리고 두려움에 떨며 혼자서 저녁을 먹었다. 웨이터는 그의 눈앞에서 눈에 띌 정도로 덜덜 떨었다. 밤이 이슥해지자, 그는 차양을 드리운 마차를 잡아타고 한쪽 구석에 앉은 채 런던 거리 여기저기를 싸돌아다녔다.

나는 하이드를 '그'라고 말한다. 도저히 '나'라고는 부를 수가 없다. 그 악마의 자식에게는 인간다운 면이 하나도 없었고 마음속에는 공포와 증오만이 자라고 있었다.

마침내 마부가 자신을 수상쩍게 보기 시작한다고 느낀 그는 마차에서 내려 걷기 시작했다. 잘 맞지도 않는 옷을 걸친 채 걷는 모습은 밤거리를 걷는 사람들 틈에서 단연 눈에 띄었다. 공포와 증오라는 두 비열한 열정이 그의 마음속에서 폭풍우처럼 휘몰아치고 있었다. 그는 두려움에 쫓겨 발걸음을 재촉했다. 혼자 뭐라 뭐라 중얼거리기도 하고 자정까지 얼마나 남았는지 헤아려 보기도 하면서 그는 인적이 뜸한 뒷골목을 배회했다. 한번은 어떤 여자가 성냥을 팔 생각인지 그에게 말을 붙였다. 그가 여자의 얼굴을 후려치자 그 여자는 도망쳤다.

라니언의 집에 도착했을 때, 나의 옛 친구가 두려워하는 것을 보자 나는 마음이 조금 흔들렸던 같다. 지금도 잘 모르겠다. 하지만 내가 그 시간을 되돌아볼 때마다 느끼는 혐오감에 비하면 그런 마음은 넓은 바다에 있는 물 한 방울 정도로 미미한 것이다. 나에게도 변화가 일어났다. 이제 나를 괴롭히는 것은 더 이상 교수대에 대한 두려움이 아니라 하이드로 존재하는 것에 대한 공포였다.

나는 비몽사몽간에 라니언이 비난하는 것을 들었다. 내 집에 도착해 침대에 들 때까지도 나는 비몽사몽이었다. 피곤한 하루를 마치고, 나는 나를 괴롭혀 온 악몽들조차도 방해하지 못할 숙면을 취할 수 있었다.

다음 날 아침, 잠에서 깨어 보니 온몸이 떨리고 기운이 하나도 없었다. 하지만 기분은 상쾌했다. 내 안에서 잠들어 있는 그 짐승을 생각만 해도 나는 증오심이 일고 두려웠다. 물론 바로 전날 겪었던 소름 끼치는 위험도 잊지 않았다. 그렇지만 나는 다시 안전하게 나의 집으로 돌아와 있었고 약도 가까이에 있었다. 무사히 도망친 것에 대한 감사의 마음이 내 영혼 깊은 곳에서 어찌나 샘솟던지, 밝은 희망이라고 불러도 어색하지 않을 정도였다.

아침 식사를 마친 뒤, 나는 유쾌한 기분으로 상쾌한 공기를 마시며 느긋하게 안뜰을 산책하고 있었다. 바로 그때 변신을 예고하는, 말로는 설명할 수 없는 그 느낌이 다시 찾아들었다. 간신히 안전한 연구실에 도착했을 때, 나는 다시 한번 하이드로 변한 모습을 보고 분노에 휩싸였으며, 온몸이 얼어붙는 것 같았다. 이번에는 나 자신의 몸으로 돌아오기 위해 약을 두 배나 마셔야 했다.

맙소사! 여섯 시간 뒤, 슬픔에 젖어 벽난로 불빛을 바라보고 있는데, 다시 고통이 찾아왔고, 다시 약을 복용해야 했다. 간단히 말해, 그날 이후로 내가 지킬의 모습을 할 수 있었던 것은 마치 심한 운동을 하듯이 엄청난 노력을 기울이고 있을 때나 방금 먹은 약의 약효가 지속되고 있을 때뿐이었다.

변신의 징조인 떨림 증세가 밤낮을 가리지 않고 시도 때도 없이 찾아왔다. 무엇보다도 내가 잠이 들면, 아니 의자에 앉아 잠깐 졸기만 해도, 눈을 떠 보면 하이드로 변해 있었다. 언제 찾아올지 모르는 이 운명으로 인한 긴장감, 그리고 내가 스스로 자초한 형벌이긴 하지만 인간에게 가능하리라곤 생각지도 못한 수준의 불면증으로 나는 고열에 시달려 녹초가 되었고, 몸과 마음이 쇠약해졌다. 그리고 단 한 가지 생각, 즉 또 다른 나 자신에 대한 공포에만 사로잡혀 있었다.

그러나 잠이 들거나 약효가 떨어지면 나는 변신 과정을 거의 거치지 않고(날이 갈수록 변신에 따르는 고통이 줄어들고 있었다) 공포의 이미지로 가득 찬 상상력과 이유 없는 증오로 끓어오르는 영혼, 그리고 격렬한 삶의 에너지를 담을 만큼 강하지 못한 육체를 가진 존재로 탈바꿈해 있었다.

지킬이 쇠약해짐에 따라 하이드의 힘은 점점 커 가는 것 같았다. 서로 상대방을 미워하는 마음도 비슷한 정도로 커졌다. 지킬에게 그것은 생존 본능의 문제였다. 지킬은 자신과 의식의 일부를 공유하고 있으며 죽을 때까지 운명 공동체일 하이드의 혐오스러운 결함을 이제까지 모두 보아 왔다. 이렇게 하이드와 뭔가를 공유한다는 것은 그 자체로 지킬이 겪는 고통의 가장 뼈저린 부분이긴 하지만, 여기서 한 걸음 더 나아가 지킬은 하이드를 몸서리쳐지는 존재일 뿐만 아니라 생명의 에너지를 가지고 있음에도 불구하고 생명체가 아닌 존재로 생각하기에 이르렀다.

이것은 충격적인 일이다. 저 깊은 구덩이 속에 있는 진흙이 악을 쓰고 사람의 목소리를 내고 있는 것이다. 형태도 없는 먼지가 손짓발짓을 하고 죄를 짓고 있는 것이다. 죽어서 형체도 없는 것이 삶의 궁전을 빼앗고 있는 것이다. 게다가 반란을 일으키는 그 망나니가 아내보다 더 가까이, 눈보다 더 가까이 밀착해 있는 것, 바로 지킬의 몸속에 갇혀 있는 것이다. 몸속에서 그가 중얼거리는 것이 들리고, 생명을 얻기 위해 발버둥 치는 것이 느껴진다. 그리고 약해지는 기미가 보이거나, 잠이 들었다고 확신이 되면, 그는 어김없이 지킬을 압도하고 지킬에게서 생명을 빼앗아 버린다.

하이드가 지킬을 증오하는 것은 차원이 다른 이유에서였다. 교수대에 대한 두려움 때문에 하이드는 끊임없이 지킬로 변하는 일시적인 자살을 시도해야 했고, 온전한 하나의 인간이 아니라 지킬의 일부분이라는 종속적인 지위로 되돌아가야 했다. 하이드는 그럴 수밖에 없는 상황이 지긋지긋하게 싫었다. 또한 지금 지킬이 빠져 있는 의기소침한 상태도 지긋지긋하게 싫었다. 그리고 지킬이 자신을 싫어한다는 사실에 분개했다.

그래서 그는 내 손으로 온갖 망나니짓을 저지르게 했다. 책의 여백에 하느님에 대해 불경스러운 말을 써넣는다거나 편지를 불태워 버린다거나 아버지의 초상화를 부수어 버리는 것 같은 일들 말이다. 만약 죽음에 대한 두려움만 없었다면, 그는 나를 파멸시키기 위해 오래전에 자신을 파멸시켰을 것이다.

그러나 삶에 대한 그의 애착은 정말 놀라울 정도이다. 내 마음을 움직일 정도이니. 하이드를 생각하는 것만으로도 구역질이 나고 몸이 얼어붙지만, 그가 비굴할 정도로 집요하게 삶에 집착하는 것을 떠올릴 때면, 그리고 자살을 통해 그를 잘라 낼 수 있는 나의 힘을 그가 얼마나 두려워하는지를 생각해 보면, 그에게 연민을 느낄 정도이다.

이 이야기를 질질 끄는 것은 부질없는 일일 것이다. 그리고 나한테는 그럴 만한 시간도 없다. 나만큼 괴로움을 겪어야 하는 사람은 아무도 없었다, 이 정도로만 말해 두자. 그래도 한 가지만 덧붙이자면, 습관은 영혼을 무감각하게 만든다는 사실이다. 괴로움이 덜어지는 것을 말하는 것이 아니라 일종의 체념적인 묵인 상태에 빠져드는 것이다. 나의 천벌은 몇 년이고 계속 이어질 수도 있었다. 그러나 나를 헨리 지킬의 얼굴과 인격으로부터 완전히 갈라놓은 마지막 재앙이 이제 일어났다.

첫 실험을 할 때 구입한 이후 보충한 적이 없었던 소금이 이제 바닥나기 시작한 것이다. 소금을 새로 사 오게 한 다음 약을 조제했다. 약이 화학 반응을 일으켰고, 첫 번째 색 변화 과정이 일어났다. 그러나 두 번째 색 변화는 일어나지 않았다. 할 수 없이 그대로 마셔 보았지만 아무런 효과가 없었다. 풀에게 물어보면 내가 런던을

얼마나 샅샅이 뒤졌는지 알 수 있을 것이다. 그러나 모든 게 헛수고였다. 지금 생각해 보면 내가 처음으로 샀던 소금에 불순물이 섞여 있었던 것 같다. 약에 효능이 생기게 만든 것은 바로 정체를 알 수 없는 그 불순물이었던 것이다.

그 뒤로 일주일가량이 흘렀다. 나는 예전에 만들어 두었던 가루약의 마지막 봉지의 힘을 빌려 이 진술을 마무리하고 있다. 기적이 일어나지 않는다면 지금이 헨리 지킬이 자신의 머리로 생각하고 거울 속에서 자신의 얼굴을(아, 지금도 얼마나 슬프게 변했는가!) 보는 마지막 순간이 될 것이다.

글을 끝맺는 데 너무 꾸물거리지 말아야겠다. 나의 진술을 지금 볼 수 있다면, 그것은 엄청난 신중함과 행운 덕분일 것이다. 이 글을 쓰는 도중에 변신의 고통이 찾아온다면, 하이드는 이 편지를 갈기갈기 찢어 버릴 것이다. 그렇지만 기록을 한쪽에 치워 두고 나서 시간이 좀 지나면, 하이드의 놀랄 만한 이기심과 눈앞의 순간에만 몰두하는 한계 때문에 이 기록이 그의 망나니짓을 당하는 일은 피할 수 있을 것이다.

우리 둘 모두에게 다가오고 있는 운명은 벌써 그를 변화시키고 망가뜨리고 있다. 지금으로부터 30분 뒤, 내가 다시 그 가증스러운 인격으로 다시 한번, 그리고 영원히 바뀌고 나면, 나는 의자에 웅크리고 앉아 벌벌 떨면서 흐느낄 것이라는 것을 나는 잘 안다. 아니면 극심한 공포에 사로잡혀 넋이 나간 가운데 이 방(지상에서 내 최후의 안식처)을 천천히 왔다 갔다 하며 혹시 무슨 소리가 들리지나 않는지 아주 작고 낯선 기척에도 귀를 바짝 세울 것이다.

하이드는 교수대에서 죽게 될까? 아니면 마지막 순간에 자신을 해방시킬 용기를 낼까? 하느님만이 알고 계실 것이다. 어떻게 되든 나는 상관없다. 이 순간이 내가 진정으로 죽는 순간이다. 그다음에 일어나는 일은 내가 알 바 아니다. 이제 펜을 내려놓고 내 고백을 봉인하면서 나는 불행한 헨리 지킬의 삶에 마침표를 찍는다.

Dr. JEKYLL and Mr. HYDE

작품 해설

로버트 루이스 스티븐슨의 『지킬 박사와 하이드 씨』에 대하여

김영선

스티븐슨 - 빅토리아 시대의 보헤미안

로버트 루이스 스티븐슨 Robert Louis Stevenson은 1850년 11월 13일 스코틀랜드 에든버러에서 태어났다. 스코틀랜드는 18세기 이후 산업 혁명의 주역인 뛰어난 엔지니어를 많이 배출한 곳이다. 스티븐슨의 가문에는 엔지니어들이 많았으며, 스티븐슨의 아버지도 등대 건축 사업을 하는 엔지니어였다. 스코틀랜드는 또한 잉글랜드에 앞서 먼저 종교 개혁이 일어난 곳으로, 신의 절대적 권위와 엄격한 도덕률을 강조하는 칼뱅주의 전통이 강한 곳이었다. 옛 스코틀랜드 왕국의 수도였던 에든버러는 스코틀랜드의 정치적·문화적 중심지로 많은 법률가와 종교 지도자 들이 살았는데, 스티븐슨의 어머니는 목사와 법률가를 많이 배출한 집안 출신이었다. 한마디로 스티븐슨은 스코틀랜드의 문화적 전통과 경제적 활력이 축약되어 있다고 볼 수 있는, 남부럽지 않은 집안에서 태어났다.

스티븐슨의 부모는 외아들인 스티븐슨에게 많은 기대를 걸었다. 당시의 부모들이 대개 그랬듯이, 그들은 스티븐슨에게 기독교 신앙심과 근면한 생활을 기대했으며 출세하기를 원했다. 특히 집안의 사업인 등대 건축 사업을 이어받기를 바랐다. 스티븐슨은 공부를 아주 잘해서 열일곱 살에 에든버러 대학에 입학하게 되었는데, 부모님의 희망대로 토목 공학을 전공할 계획이었다. 그러나 스티븐슨은 어려서부터 아버지의 엄한 교육에 대해 두려움과 반감을 느끼고 있었다. 대학에 들어간 후, 그는 부모의 기대에 반기를 들고 토목 공학을 포기한 뒤, 일종의 타협책으로 법학을 공부했다.

대학 시절에 스티븐슨은 '멋쟁이 신사'로 에든버러의 유흥가를 거리낌 없이 드나들었고, 여름 방학이 되면 프랑스로 자주 놀러 가서 자유분방한 예술가들과 어울리곤 했다. 스티븐슨이 변호사 자격증을 얻은 것은 스물다섯 살 때였다. 하지만 변호사가 자신의 적성에 맞지 않는다고 판단하여 실제로 변호사로서 일을 맡지는 않았다. 대신 자신의 프랑스 여행담을 담은 『내륙 여행An Inland Voyage』이라는 작품을 써서 작가로서의 삶을 시작했다.

장래 직업을 두고 빚은 부모와의 갈등, 그리고 엔지니어나 변호사의 길을 접고 작가의 길을 택한 스티븐슨의 행보에서 우리는 그의 삶을 관통하는 가장 두드러진 특징을 엿볼 수 있다. 그것은 다름 아니라 보헤미안 기질이다. 세상의 관습이나 규율 따위를 무시하고 방랑을 즐기며 자유분방한 삶을 사는 예술가의 기질을 가리키는 보헤미안 기질은 스티븐슨의 삶을 이해하는 핵심어이며, 나아가 그의 작품 세계를 이해하는 실마리이기도 하다. 예를 들어, 스티븐슨의 여러 작품에서는 아버지와 아들의 관계가 냉담하거나 심지어 적대적인 관계로 그려지고 있는데, 이것은 칼뱅주의에 입각한 아버지의 엄격한 교육관과 세계관이 스티븐슨의 보헤미안 기질과 대립되어 빚은 갈등의 영향으로 볼 수 있다.

스티븐슨의 보헤미안 기질은 영국의 빅토리아 시대의 사회적 규범들에 반기를 든 반항 의식으로 발전하였다. 빅토리아 시대는 1837년부터 1901년까지 영국의 빅토리아 여왕이 다스리던 시대로, 강력한 경제력과 군사력으로 영국 역사상 가장 번영을 구가하던 시대를 말한다. 스티븐슨은 그 시대를 지배하던 종교를 무시했으며, 칼뱅주의에 입각한 엄한 교육에 반감을 느꼈고, 산업 혁명 이후 지배 계급이 된 부르주아의 도덕적 위선에 염증을 느꼈다.

젊은 스티븐슨은 끊임없이 탈출을 꿈꿨다. 부모의 기대로부터, 변호사의 길로부터, 스코틀랜드로부터, 그 시대의 도덕적 규범과 책무로부터 그는 탈출하고 싶었다. 뒤에서 좀 더 자세히 살펴보겠지만, 이러한 그의 보헤미안 기질과 사회의 규범에 대한 반항 의식은 그의 작품 세계에 그대로 투영되었다. 도덕적 의무와 무절제한 방종 사이의 긴장 관계와 도덕적 위선에 대한 폭로야말로 스티븐슨의 여러 작품에서 볼 수 있는 중심 사상이다.

스물세 살이 되었을 때 스티븐슨은 심한 결핵을 앓았다. 그래서 요양을 위해 프랑스의 리비에라 해안 지방으로 갔다. 스티븐스은 한편으로는 건강 문제 때문에, 한편으로 낯선 세계에 대한 호기심과 동경심 때문에 평생 여행을 하였다. 여행은 스티븐슨에게 매우 중요한 창작의 원천이자 작품의 소재였다. 『보물섬Treasure Island』 『납치Kidnapped』와 같은 작품에서 볼 수 있듯이, 사실 그의 작품 가운데 상당수가 항해나 여행을 이야기의 기본 틀로 삼고 있다.

스티븐슨의 사랑과 결혼도 다른 삶의 이력처럼 그의 보헤미안 기질을 잘 보여준다. 1876년 스물여섯 살이었던 스티븐슨은 프랑스의 퐁텐블로에 머물렀다. 그곳에서 그는 패니 오스번Fanny Osbourne이라는 여인을 만났다. 이 여인은 스티븐슨보다 열 살이나 연상이었고, 더구나 아이를 둘이나 가진 유부녀였다. 스티븐슨은 부모의 심한 반대를 무릅쓰고 그녀와 사랑에 빠졌다. 2년 뒤 오스번이 미국 캘리포니아로 돌아가자, 스티븐슨은 그녀를 따라 미국으로 건너감으로써 주위 사람들을 놀라게 했다. 1878년 미국에 도착한 스티븐슨은 거의 생계를 유지할 만큼 가난했으며, 건강도 좋지 않았다. 오스번은 이혼 절차를 마쳤고, 둘은 1880년 결혼했다.

이후 몇 년 동안 재정적인 이유와 폐병 때문에 스티븐슨은 여러 곳으로 옮겨 다녔다. 재정적인 지원을 해 주겠다는 아버지의 편지를 받고 미국에서 스코틀랜드로 돌아왔으며, 요양을 위해 스위스와 스코틀랜드 고원 지방에 머물기도 했다. 이 와중에 그는 계속해서 글을 썼다. 1883년에 『보물섬』을, 1886년에는 『납치』와 『지킬 박사와 하이드 씨Dr. Jekyll and Mr. Hyde』를 잇따라 출간하여 대중적 인기와 함께 작가로서의 명성을 얻었다.

1887년 아버지가 사망하자, 스티븐슨은 가족과 함께 미국으로 건너갔다. 가난한 무명작가였던 10여 년 전의 방문과 달리, 스티븐슨은 미국에서 유명한 작가가 되어 있었다. 『지킬 박사와 하이드 씨』는 미국에서 스티븐슨의 생전에만 25만 부 이상 팔렸다. 하지만 스티븐슨은 판권에 소홀하여 저작권료를 한 푼도 받지 못했다. 연극이나 영화에서 자신의 작품이 무단으로 사용되는 것에 대해서도 주의를 기울이지 않았다.

미국에서 1년 정도 머문 뒤, 스티븐슨은 요트를 타고 남태평양으로 갔다. 그는 그곳에서 섬들을 여행하며 소설과 에세이, 시를 썼다. 『남태평양The South Seas』과 『역사에 대한 주석A Footnote to History』 같은 작품들은 그가 이런 여행에서 마주친 새로운 세계와 사람들에 대한 이야기이다.

1889년 스티븐슨은 지병인 폐병에 좋은 기후를 가지고 있는 남태평야의 사모아에 정착했다. 그곳에서 그는 아내, 어머니, 그리고 두 아들과 함께 죽을 때까지 살면서 왕성한 창작 활동을 했다. 『팔레사의 해변The Beach of Falesa』이나 『썰물The Ebb Tide』과 같은 그의 뛰어난 소설을 쓴 것도 바로 이 시기이다.

1894년 12월, 스티븐슨은 심한 두통을 호소하며 의식을 잃고 쓰러졌다. 그리고 몇 시간 뒤 갑자기 세상을 떠났다. 스티븐슨은 그를 평생 괴롭혔던 결핵이 아니라 뇌출혈로 마흔네 살의 일기로 생을 마감했다.

인간 본성의 이중성

『지킬 박사와 하이드 씨』는 1886년에 출간되어, 6개월 만에 4만 부가 팔릴 정도로 대단한 성공을 거두어 스티븐슨에게 작가로서의 명성을 가져다준 작품이다. 사실, 문학사에서 『지킬 박사와 하이드 씨』만큼 사람들에게 널리 알려진 작품을 찾기도 쉽지 않을 것이다. 영어에서는 'Jekyll and Hyde'라는 표현이 '선과 악을 동시에 가진 분열된 정신의 소유자' 정도의 뜻인 보통 명사로 사전에 올라 있을 정도이다. 우리말에서도 가령 '그 남자는 낮에는 지킬이고 밤에는 하이드야'라는 말처럼 지킬과 하이드라는 말이 마치 속담처럼 친숙하게 곧잘 등장하기도 한다.

잘 알려져 있는 것처럼 이 작품의 주제는 인간 본성의 이중성이다. 즉, 인간 본성에는 선한 충동과 악한 충동이 뒤섞여 있다는 것이다. 사실 선과 악의 갈등, 또는 도덕적 의무와 무절제한 방종 사이의 긴장 관계는 이 작품뿐만 아니라 스티븐슨의 여러 작품을 관통하는 중심 사상이기도 하다.

예를 들어, 『발란트래의 도련님The Master of Ballantrae』은 도덕적 의무와 방종을 각각 대변하는 두 명의 스코틀랜드인 형제에 관한 이야기이다. 또한 대표작인 『보물섬』에는 선과 악, 순진함과 교활함, 고상함과 천박함, 치밀함과 무모함이 교묘하게 뒤섞인 복잡한 성격을 가진 '키다리 존 실버'라는 인물이 등장한다. 그러나 이러한 이중성이 가장 극적으로 나타나는 작품은 한 사람 안에서 선한 충동과 악한 충동이 싸움을 벌이는 『지킬 박사와 하이드 씨』이다.

19세기에 사람들은 한 인간 안에 모순되는 성향이나 본성이 있다는 인간의 '이중 자아'(독일 문학 비평에서 차용한 단어인 도플갱어Doppelganger라는 용어로 표현되기도 한다) 개념에 관심을 가졌다. 우리는 이것을 메리 셸리의 『프랑켄슈타인』(1818)에서 볼 수 있으며, 『윌리엄 윌슨』을 비롯한 에드가 앨런 포의 작품에서도 볼 수 있다. 또한 19세기 말과 20세기 초에는 프로이트의 정신 분석학이 출현하기도 했다. 『지킬 박사와 하이드 씨』는 이러한 주제를 다룬 작품들 가운데 가장 많은 대중들의 이목을 끈 작품이라 할 수 있다.

(이 작품을 읽지 않은) 사람들은 흔히 지킬 박사는 선을, 하이드는 악을 상징한다고 말한다. 하지만 엄밀히 보면 이것은 틀린 말이다. 정확하게 말하면, 지킬 박사는 선한 충동과 악한 충동이 뒤섞여 있는 존재이고, 하이드는 지킬 박사의 뒤섞인 충동들 가운데 악한 것만 뽑아서 만들어진 존재이다. 따라서 이 작품에 드러난 선과 악의 갈등은 지킬과 하이드 사이의 갈등이라기보다는 지킬의 마음속에 있는 선한 충동과 악한 충동 사이의 싸움이라고 보아야 한다. 그리고 지킬의 존재가 없더라도 인간 내면에서 벌어질 선과 악의 싸움이 지킬의 탄생으로 표면화되고 격화되었을 따름이다.

스티븐슨은 이 작품에서 인간 본성이 선과 악, 두 요소로 이루어져 있다는 것을 보여 주고 있지만, 그 두 요소가 구체적으로 어떤 관계인지에 대해서는 명확한 입장을 밝히지 않고 있다. 그 대신에 인간 본성과 관련된 여러 가지 시사점과 논란거리를 제공함으로써 소설의 풍부함을 높이고 있다.

하이드는 지킬보다 몸집이 작다. 이것을 두고 어떤 이들은 인간 본성이 단순히 선과 악 1:1 비율로 구성되어 있다는 견해에 반대하기도 한다. 즉, 하이드가 상징하는 악이 인간을 구성하는 하나의 부분이기는 하지만 선에 비하면 작은 부분일 뿐이라는 해석을 내놓는 것이다. 하지만 하이드의 몸집이 지킬보다 작은 것은 어찌 보면 당연한 것이다. 앞에서도 말했듯이 하이드는 순수하게 악으로만 이루어진 존재인 반면, 지킬은 선과 악이 뒤섞인 존재이기 때문이다.

한편 하이드는 지킬보다 젊은 모습이고 여러 곳에서 원시인 같은 이미지로 그려지고 있다. 이를 두고 어떤 이들은 인간은 이중적이 아니라 원초적으로 악한 존재라는 해석을 내놓는다. 즉, 하이드가 실제로 인간의 본래의 고유한 본성에 가까우며 그 본성이 문명화나 사회적 제도들에 의해 억눌려 있을 뿐이라는 해석이다. 하지만 이런 해석은 다른 질문을 낳는다. 즉 인간이 이룩한 문명화나 사회적 제도들은 인간 본성(선한 부분)의 결과가 아닌가 하는 문제이다.

이렇게 『지킬 박사와 하이드 씨』는 사람의 본성과 관련하여 다양한 해석의 여지와 풍부한 논란거리를 제공하고 있다. 하지만 여러 논란 속에서도 스티븐슨이 전하고자 하는 최소한의 메시지는 뚜렷하다. 그것은 인간의 악한 충동은 인간 고유의 본성이든 아니면 선한 부분에 비해 미약한 것이든 간에, 일단 통제를 벗어나게 되면 마치 고삐 풀린 망아지와 같다는 점이다.

하이드는 전적으로 지킬의 산물이다. 하이드로 변하는 약을 발견한 이는 지킬이다. 또한 하이드의 심성은 지킬의 마음속에 있는 충동들 가운데 악한 것들만 뽑아 낸 결과이다. 처음에 지킬은 하이드, 즉 자신의 또 다른 분신을 보고, 해방감을 느낀다. 그러나 곧 지킬은 자신의 창조물인 하이드를 통제할 수 없게 된다. 그리고 결국 자신의 분신인 하이드가 자신을 영원히 대체할 것 같은 위기감을 느낀다. 그래서 하이드를 없애기 위해 자기 자신을 파괴할 수밖에 없게 된다. 하지만 마지막 그 순간조차 하이드는 지킬의 통제를 벗어난다. 마지막으로 발견되는 시체는 지킬의 몸이 아니라, 하이드의 몸인 것이다.

이렇게 악한 충동을 억누르는 장치—그것이 문명이든, 양심이든, 법률이든 간에—를 제거했을 때, 한번 풀려난 악은 통제의 범위를 벗어나 원래의 위치로 되돌릴 수 없는 것이다.

이러한 결말이 주는 교훈은 프로이트의 정신 분석학을 떠올리게 한다. 프로이트는 인간의 정신을 세 영역, 즉 이드id, 자아ego, 초자아superego로 나누었다. 이드는 자아의 기저를 이루는 본능적인 충동을 가리킨다. 자아는 사고, 감정, 의지 등의 정신 작용을 주관하고 이를 통일하는 주체이다. 초자아는 이드의 본능적인 충동을 억제하고 선악을 판단해 자아를 감시하는 양심 또는 도덕 원리이다. 프로이트는 인간의 많은 행동이 본능적인 충동(특히 성과 관련된 충동)의 산물이라고 역설했다. 그러면서 본능적인 충동을 감시하고 억제하는 초자아의 역할을 강조했다. 그러면서 초자아가 제대로 작동하게 하기 위해서는 인간 사회에서 문명화가 중요하다고 하였다. 『지킬 박사와 하이드 씨』가 담고 있는 주제를 프로이트 식으로 표현하자면, 초자아가 이드를 통제하지 못하고 악한 충동을 해방시켰을 때, 그 해방된 악한 충동은 자아를 집어삼키고 초자아를 파괴할 수 있다는 것이다.

『지킬 박사와 하이드 씨』에서 스티븐슨은 이중성 또는 양면성이라는 주제를 효과적으로 표현하기 위해 다양한 문학적 장치를 사용하고 있다.

우선 가장 눈에 띄는 것은 지킬 박사의 집이다. 지킬 박사의 집은 건물 두 개로 이루어져 있는 구조이다. 하나는 식당과 홀과 침실이 있는 건물이고, 다른 하나는 연구실이 있는 건물이다. 식당과 홀이 있는 건물은 '굉장히 부유하고 안락해 보이는' 집이다. 반면에 연구실 건물은 '어느 모로 보나 오랫동안 지저분하게 방치된 흔적이 역력'하다. 이 두 건물은 각각 지킬과 하이드를 상징한다. 또한 그 집으로 들어가는 문도 두 개이다. 사람들은 연구실로 가는 뒷길로 이어지는 뒷문이 지킬의 집으로 들어가는 문이라는 사실도 잘 모른다. 하이드가 주로 드나드는 문은 당연히 그 뒷문이다. 더구나 외부에서 얼핏 보면 그 두 건물이 한 집에 속한다는 사실을 알기도 어렵다. 이것은 마치 지킬과 하이드의 관계를 사람들이 모르는 것과 마찬가지이다.

일핏 보기에 서로 어울리지 않거나 상충되는 것들을 한자리에 둠으로써 이중성 또는 양면성을 부각시키는 스티븐슨의 기교는 커루의 살인 사건에서도 볼 수 있다. 끔찍한 살인 사건이 일어나기 직전 이 사건의 유일한 목격자인 하녀는 맑은 밤하늘에 뜬 보름달을 보며 낭만적인 기분에 빠져 있다. 이 작품의 다른 곳에서는 도시의 풍경이 대부분 어둡고 음침하게 그려져 있다. 그런데 유독 살인 사건 장면에서는 아름다운 도시 풍경이 등장하는 것이다.

어터슨과 그의 친척뻘인 리처드 엔필드와의 관계도 이중성의 측면에서 볼 수 있다. 두 사람은 '서로에게 어떤 매력을 느끼는지, 혹은 공통의 화제가 있기나 한지는 많은 사람들에게 수수께끼일' 정도로 완전히 다른 성격의 소유자들이다. 그럼에도 불구하고 그들은 둘 사이의 교제를 무척 중요하게 생각한다. 이것은 사람들이 종종 자신과 완전히 다른 사람에게 끌리기도 한다는 것을 보여 준다. 그리고 나아가 사람들에게는 겉으로 드러나지 않는 내면의 욕구와 성향이 있다는 것을 시사한다.

작품 구석구석에서 여러 장치와 구도로 이중성이라는 주제를 부각시키는 스티븐슨의 치밀함은 지킬(Jekyll)과 하이드(Hyde)라는 이름에서도 엿볼 수 있다. Jekyll이라는 이름은 프랑스에서 I(나)를 의미하는 'je'와 영어의 kill(죽이다)과 발음이 같은 kyll을 합한 것이다. 즉 Jekyll은 주인공이 자기 자신 속의 악한 부분을 따로 떼어 냄으로써 결국 자신을 죽게 만든다는 것을 암시하고 있다. 한편 Hyde는 영어의 hide(숨기다)와 발음이 같은 단어이다. 이 이름은 인간이 타인의 눈과 문명화된 사회로부터 숨겨야 하는 저급한 충동을 함축하고 있다.

위선에 대한 탐구, 그리고 뛰어난 미스터리 스릴러

『지킬 박사와 하이드 씨』의 주제는 인간 본성의 이중성이지만, 다른 한 편으로는 빅토리아 시대의 위선에 대한 탐구이기도 하다. 이 작품이 종종 '빅토리아 시대에 대한 최고의 가이드북'이라는 평가를 받는 것도 이런 맥락에서이다. 이 작품의 중요한 모티프 가운데 하나는 침묵이다. 어터슨 변호사를 비롯한 등장인물들은 불미스러운 일들에 대해서 곧잘 말하는 것을 피하는 방법을 선택한다. 이러한 침묵은 빅토리아 시대의 사회 분위기를 상징한다. 이 사회는 예절과 명성, 그리고 외양을 중요하게 생각했다. 그리고 만약 어떤 사실이 사회적 질서와 관습적인 세계관에 어긋나는 경우 그 사실을 회피하거나 심지어 부정하기까지 했다. 비합리적이거나 무질서한 것을 마주하게 되면, 빅토리아 시대의 사람들은 그런 것의 존재를 부정하려 하였고, 그런 것을 아예 언급하는 것조차 꺼렸던 것이다.

이러한 침묵의 풍조, 그리고 엄격한 도덕률과 냉엄한 신의 섭리를 강조한 칼뱅주의적 문화에서 사람들은 비합리적이거나 관능적인 욕망을 안으로 숨길 수밖에 없었다. 그 결과 '겉으로의 규율과 안으로의 욕망'이라는 19세기 영국의 가장 근본적인 이분법을 낳았다. 보헤미안 기질의 스티븐슨은 이러한 이분법에서 빅토리아 시대의 위선을 보았다. 순수한 악의 결정체인 하이드, 규제와 절제를 벗어난 욕망과 충동의 화신인 하이드라는 인물을 창조하는 스티븐슨의 문학적 시도는 빅토리아 시대의 침묵과 위선이라는 사회적 풍조에 대한 반기이다. 겉으로는 도덕적인 체하면서 도덕적 통제를 벗어나는 것을 '해방'이라고 여기는 지킬의 이중적 태도를 통해 스티븐슨은 빅토리아 시대의 숨겨진 욕망을 폭로하고 있다.

『지킬 박사와 하이드 씨』는 인간 본성의 이중성과 위선을 다루는 도덕적 우화인 동시에 뛰어난 미스터리 스릴러(독자에게 공포감이나 흥취를 불러일으킬 목적으로 만든 소설)이기도 하다. 지킬과 하이드의 관계가 밝혀지는 소설의 마지막 대목에 이르기까지 하이드의 정체를 둘러싼 이야기는 잘 짜인 미스터리 소설이다. 한 가지 아쉬운 점은 지킬과 하이드의 이야기가 너무 유명한 탓에 오늘날의 많은 독자들은 스티븐슨 시대의 독자들이 느꼈을 미스터리 스릴러로서의 맛을 100퍼센트 다 맛보기는 어렵다는 것이다.

육체 변신이라는 오늘날의 SF영화에나 나옴직한 기발하고 환상적인 소재를 다루고 있으면서도 '빅토리아 시대에 대한 최고의 가이드북'이라는 평가를 받는 작품, 잘 짜인 추리 소설과 같은 미스터리적 요소를 갖추고 있으면서도 인간 본성에 대한 탁월한 안목과 풍성한 생각거리를 던지는 작품인『지킬 박사와 하이드 씨』는 실로 120년 동안 수많은 독자에게 재미와 의미를 동시에 안겨 준 클래식이라 할 수 있다.

로버트 루이스 스티븐슨의 연보

1850년　11월 13일, 스코틀랜드의 수도인 에든버러에서 토머스 스티븐슨과 마거릿 이사벨라 발퍼의 외아들로 태어났다. 아버지는 등대 건축 사업을 하는 엔지니어였고, 어머니는 목사와 법률가를 많이 배출한 집안 출신이었다.

1867년(17세)　아버지의 사업을 이어받기 위해 에든버러 대학 토목 공학과에 입학했다.

1871년(21세)　토목 공학과를 포기하고 법학과로 전공을 바꾸었다.

1873년(23세)　심한 폐결핵을 앓게 되어 프랑스의 리비에라 해안에서 요양을 갔다. 최초의 에세이 「가도」를 「포트폴리오」지에 발표했다.

1875년(25세)　스코틀랜드 변호사 자격증을 취득했다.

1876년(26세)　문학 수업을 위해 프랑스로 건너가 파리 근교의 바르비종 예술촌에서 머물렀다. 그곳에서 그림 공부를 위해 파리에 머물고 있던 패니 오스번이라는 미국 여인을 만나게 된다. 그녀는 스티븐슨보다 열 살이나 나이가 많았고 두 아이의 엄마이기도 했다. 결핵이 악화되어 벨기에 등으로 요양을 위한 여행을 다니기도 했는데, 이러한 경험이 2년 후에 출판된 『내륙 여행』으로 작가로서의 삶을 시작하는 계기가 되었다.

1877년(27세)   첫 단편 소설「하룻밤의 숙박」을 발표했다.

1878년(28세)   패니 오스번이 미국 캘리포니아로 돌아갔다. 나귀와 함께 프랑스의 세벤느 지방을 도보로 여행했고, 이때의 경험을 다음 해에『나귀 기행』으로 발표했다.

1879년(29세)   패니 오스번이 중병에 걸렸다는 소식을 듣고 미국으로 건너갔다. 샌프란시스코 빈민가에 머물렀던 미국 생활은 겨우 생계를 유지해 나갈 만큼 몹시 어려웠으며, 건강도 매우 좋지 않았다.

1880년(30세)   패니 오스번이 이혼 절차를 마치게 되어 두 사람은 결혼했다. 패니 오스번의 아들 로이드와 함께 캘리포니아주의 캘리스트가에 머물렀다. 이때의 경험은 스티븐슨의 여행기 중 걸작으로 꼽히는『실버라도의 무단 거주자』라는 작품으로 쓰여졌다. 1년간의 미국 생활을 마치고 가족과 함께 스코틀랜드로 돌아갔다.

1881년(31세)   스위스와 스코틀랜드 고원 지방에 머물며 집필 활동을 계속했다. 그동안 여러 잡지에 실렸던 다양한 글들을 묶어서『젊은이들을 위하여』를 발간했다.

1882년(32세)   『보물섬』을「영 포크스」지에 연재했다. 『검은 화살』을 잡지에 연재했다. 여행기『실버라도의 무단 거주자』, 단편집『신 아라비안 나이트』, 논설집『인물과 작품의 연구』를 간행했다.

1883년(33세)   『보물섬』이 단행본으로 출간되어 대중적 인기와 함께 작가로서의 이름을 드높였다.

1884년(34세) 폐렴으로 결핵이 악화되어 각혈까지 하며 위독 상태에 빠지기
도 했다. 요양을 위해 남 잉글랜드 해안의 보온머드에 머물며
『지킬 박사와 하이드 씨』를 집필했다.

1885년(35세) 장편 소설『납치』집필을 시작했다. 패니 오스번과 함께 쓴 소
설『다이나마이트 당원』과 동시집『유년시원』을 펴냈다.

1886년(36세) 『지킬 박사와 하이드 씨』와『납치』가 출판되었다.

1887년(37세) 아버지 토머스 스티븐슨이 세상을 떠났다. 스티븐슨의 건강이
갑작스레 악화되어 미국 콜로라도의 온천으로 요양을 권유 받
고 가족과 함께 미국으로 건너갔다. 10여 년 전의 첫 번째 방
문과 달리 이미 미국에서 유명한 작가가 되어 있었다.

1888년(38세) 「뉴욕 월드」지로부터『요트 항해기』집필을 요청 받았다. 가족
과 함께 캐스코우 호에 몸을 싣고 샌프란시스코 만을 떠나 남
태평양의 마르케이사스 반도로 건너갔다.『검은 화살』이 출판
되었다.

1889년(39세) 사모아 군도의 가장 큰 섬인 우폴루의 좋은 기후와 아름다움
에 마음이 끌려 저택을 짓고 정착하기로 했다.

1890년(40세) 영국을 방문하려고 배에 올랐으나 오랫동안 앓아 온 병이 악
화되어 사모아로 다시 돌아왔다.

1891년(41세) 저택이 완성되었다. 로이드 오스번과 공동으로 집필한 소설
『난파선』이 출판되었다.

1893년(43세) 『납치』의 속편인 『카트리오나』와 단편집 『섬의 야생화』가 출판되었다. 로이드 오스번과 공동으로 집필한 소설 『썰물』을 잡지에 연재했다(1894년에 출판되었다).

1894년(44세) 12월 3일 뇌출혈로 세상을 떠났다.

옮긴이 **김영선**

서울대학교 영어교육과를 졸업하고 미국 코넬 대학교에서 문학석사 학위를 받았으며 언어학박사 과정을 마쳤다. 현재 대학에서 강의를 하며 번역 작업을 하고 있다. 옮긴 책으로는 『피터 팬』 『웨이싸이드 학교 별난 아이들』 『도박』 『실크로드 여행』 『검은 고양이』 『동물농장』 등이 있다.

그린이 **이강**(李剛)

1968년 중국 길림성에서 태어나 연변대학교와 심양 노신미술대학에서 각각 예술학과 중국화를 공부했다. 중국 소수민족 민족백화 미술대전에서 은상을 두 차례 수상했고, 2001년 6월에는 서울에서 이강 수묵화전을 열기도 했다. 서울대학교 대학원에서 동양화를 전공했다. 그린 책으로는 『청룡과 흑룡』 『홍범도』 『샤일로』 『조웅전』 『고전 소설』 등이 있다.